Tinka's mooiste smash

Colofon

ISBN: 978 90 8954 635 7
1e druk 2014
© 2014, Frans van Duijn

Exemplaren zijn te bestellen via de boekhandel
of rechtstreeks bij de uitgeverij:
Uitgeverij Elikser
Ossekop 4
8911 LE Leeuwarden
www.elikser.nl

Vormgeving binnenwerk en omslag: Evelien Veenstra

Tinka's mooiste smash

Frans van Duijn

Voor mijn moeder

Een rat met een strikje

Tinka viel bijna van haar fiets, want wat was dít? Ze kon haar ogen bijna niet geloven. O, wat is dit erg, dacht ze, wat is dit… héél erg! Droomde ze? Nee, helaas, het was echt waar: Richards bronzen hoofd had een rode neus gekregen en een reusachtige, zwarte druipsnor. Een halve meter lager, op z'n borstkas, stond in knalroze letters het woord *help!* gekladderd. Tinka stapte van haar fiets af en kwam voorzichtig dichterbij. De rode verf, zag ze, was nog nat, van de neus dropen kleine straaltjes over mond en kin. Was het soms pas gebeurd? Liep de dader hier nog ergens rond? Spiedend keek ze om zich heen, maar er was niemand te zien. 'Arme Richard,' mompelde Tinka, terwijl ze haar fiets op de standaard zette en als een detective om het standbeeld heen begon te lopen. Nee hè, ook z'n kont was besmeurd! Op elke bil was met diezelfde rode verf een dier getekend: een hagedis aan een parachute en een rat met een roze strikje. Haar gezicht werd nu rood van verontwaardiging en ze speurde nog eens goed rond, maar bij het tennispark was nog altijd geen sterveling te bekennen. Ook langs het fietspad viel er niets bijzonders te zien, geen spoor van verf, geen lege spuitbus, niets. Ze staarde naar het door Richard hoog opgeheven racket dat blonk in de ochtendzon. En toen pas viel haar oog op de twee meter hoge sokkel, waarop tot voor kort in goudkleurige letters stond te lezen:
Richard Krajicek winnaar Wimbledon 1996

'Shit!' Tinka sloeg haar hand voor haar mond. O, wat was dit een vuile streek, o, wat was dit brutaal! Want met zwarte verf was de naam Richard Krajicek onleesbaar gemaakt en in plaats daarvan stond er in kloeke blokletters *Karim*. Elke letter was ingekleurd met zilver en had een dikke, zwarte rand. Wel verdorie! Kon ze die troep misschien weg vegen? Precies op het moment dat ze haar hand uitstrekte, klonk achter haar een brullende stem.

'Hé, doe niet!'

Geschrokken draaide ze zich om, waarbij haar gitzwarte paardenstaart een zwieperd maakte. Vanonder haar recht afgeknipte pony, die net niet in haar ogen hing, keek ze Pieter Smoor aan, de voorzitter van tennisclub Smashing.

'Sorry dat ik je laat schrikken,' bromde Smoor, 'maar je mag geen sporen vernielen. Dit is politiewerk, dit is zeer ernstig!'

'O, ja, oké,' stamelde Tinka. 'Ik begrijp het, meneer Smoor.'

'Aha, je kent mijn naam,' sprak hij op wat mildere toon, 'maar jou ken ik alleen van gezicht. Jij speelt hier al een tijdje, toch?'

'Ja, ik heet Tinka Bezemer.'

'Tinka, ach, wat een mooie naam.' De voorzitter wees naar het rugzakje met haar racket. 'Jij komt natuurlijk voor het meidentoernooi.'

'Ja, de kwartfinale.'

'Goed zo! Ga maar gauw naar de baan. Ik zag daar al een meisje lopen.'

Er viel een korte stilte, waarin Pieter Smoor met bliksemende ogen het kunstwerk van top tot teen inspecteerde.

'Eh... meneer Smoor,' begon Tinka toen aarzelend, 'heeft u misschien enig idee wie dit gedaan heeft?'

'Een zekere Karim!' brieste de voorzitter. 'Dat is glashelder. Hij heeft nota bene zelf z'n naam onder z'n rommel gezet. Ken jij een Karim?'

Tinka schudde haar hoofd.

'Ik ook niet, maar die schooier zal ervan lusten!' De voorzitter zwaaide met z'n enorme vuist. 'Van onze held zo'n clown maken! Hoe durft-ie! En weet je wat het schoonmaken wel niet kost? Dat kost honderden euro's!'

In de verte kwam een politieauto aanrijden.

'Hè, hè, eindelijk, daar zijn ze,' mopperde Smoor. 'Ga jij maar gauw tennissen, ik wens je succes!'

'Dank u,' zei Tinka en met de fiets aan haar hand snelde ze naar de fietsenrekken bij de ingang van het tennispark.

De puntendief

Rond tennispark Smashing stond een lange haag cipressen, de altijd groene bomen met hun smalle, puntige kronen, waarin vooral duiven zich thuis voelden. Normaal gesproken bleef Tinka altijd even staan luisteren naar hun zachte koeren, maar nu niet. Ze negeerde het gekoer en rende over het terras langs het clubhuis, waar aan de muren aanplakbiljetten met de volgende tekst hingen:

Let op! Van 25 tot 31 augustus is het weer zover: het zomertoernooi 2013 voor meisjesjunioren met een bijzonder mooie hoofdprijs: een prachtige beker & een prachtig outfit! Schrijf je dus heel snel in! Wie niet meedoet is gek!

Tinka had zich meteen ingeschreven, net als vrijwel alle andere meiden van de tennisclub. Nu liep ze snel langs de met hekken en vangnetten omringde gravelbanen. Helemaal achteraan, op baan zes, stond Fanny op haar te wachten.
'Fan!' riep Tinka al vanuit de verte. 'Heb je gezien wat er met Richard is gebeurd?'
'Ja, hè, hè,' reageerde Fanny. 'Die rode neus kun je niet missen.'
Fanny was Tinka's hartsvriendin én tegenstandster in de kwartfinale. Ze was een meisje met rossig haar en wenkbrauwen die in een verbaasd boogje boven haar blauwe ogen stonden. 'Waarom ren je zo?' vroeg ze. 'We zijn ruim op tijd, hoor.'
Stampend liep Tinka baan zes op. Ze smeet haar rugzak met een klap op het bankje naast de baan. 'Wie doet er nou zoiets?' riep ze uit. 'Wat een rotstreek!'

'Tja, het is niet leuk, maar ik vind die hagedis wel knap getekend en ...'

'Vind je dat écht?' onderbrak Tinka haar op nijdige toon.

'Eh... ja, de dader is toch een soort kunstenaar.'

'Wát? Natuurlijk is hij geen kunstenaar! De maker van het standbeeld is een kunstenaar, maar niet de rótzak die zijn werk heeft verpest!'

'Oké, oké, rustig maar, ik wist niet dat je kwaad werd.'

'Zo'n type hoort in de gevangenis thuis!'

'Ja, ja, ik hoor je wel.'

'Hij heeft verdorie Richard z'n naam doorgestreept en er z'n eigen naam voor in de plaats gezet! Karim heeft Wimbledon gewonnen, die is gek!'

Fanny maakte zwijgend een schijnslag met haar racket.

'Ik... ik heb vorig jaar een clinic bij hem gedaan,' stotterde Tinka van woede. 'Dat wéét je toch! Richard is superaardig, dit verdient hij niet!'

'Nee, nee, daar heb je gelijk in,' suste Fanny. 'Maar jij denkt dus dat de dader een man is. Misschien zit er wel een vrouw achter.'

'Ach, kom nou! Dat geloof je toch zeker zelf niet!'

'Karim is zeker weten een schuilnaam, de dader is toch niet zo dom om z'n echte naam te gebruiken.'

'Nee, oké, daar heb je misschien gelijk in,' zei Tinka verzoenend. Het boze gloeien in haar donkerbruine ogen werd minder fel.

'Dat denk ik wel. Zullen we?'

'Ja, is goed, laten we maar gaan inspelen.'

Even later stonden ze elk aan hun kant van het net. Tinka had een beetje spijt van haar felheid, maar ja, zo was ze nu eenmaal.

Op school, in groep acht, was ze de 'meest vulkanische leerling', zoals de meester het noemde. Je zag het ook terug in haar tennisspel. Tinka koos altijd voor de aanval en wilde vaak een mooi eind aan een rally maken, het liefst door als een dolle naar het net te stormen om met een volley toe te slaan. Fanny daarentegen was een typische baseliner, zo'n speelster die lang op de baseline kan wachten op een fout van de tegenstandster; zij was een tennisster met geduld.

'Weet jij wie de scheids is?' vroeg Fanny, terwijl ze naar het clubhuis in de verte gebaarde. 'Ik heb niet op het schema gekeken.'

'Volgens mij Maria Surtorius.'

'O, die is goed.'

'Ja, ze is altijd eerlijk.'

'Wat een hitte!' steunde Fanny. 'Laten we maar heel rustig inspelen.'

'Oké.'

De baan was niet geveegd en je kon nog duidelijk de sporen zien van een eerdere wedstrijd. Terwijl Tinka naar de baseline liep, keek ze naar de tennisbewegingen in het gravel. Wiens voeten hadden hier over de gemalen baksteen geschraapt? Zo te zien was het een jonge speler geweest. De voetafdrukken waren klein en ondiep en de weinige remsporen wezen niet op een heftig duel.

'Kom je nog?' klonk er van de andere kant van het net.

'Ja, ja.' Tinka stelde zich op, wierp de bal in de lucht en sloeg hem met slice naar de andere kant. In een kalm tempo volgden tientallen groundstrokes, door beide meiden afwisselend geslagen met fore- en backhand. Daarna oefenden ze nog wat lobs, smashes en volleys. Het opwarmen ging in zo'n traag tempo, dat

Tinka's paardenstaart bijna onbeweeglijk op haar rug hing. Net toen ze om en om nog wat serveerden, klonk er vanaf baan één een vloek en het geluid van een racket dat hard tegen de grond wordt geslagen.

Knal!

'Shit!' siste Fanny geschrokken. 'Dat is weer die meneer Zwetsloot, de Puntendief!' Haar bleke gezicht vol oranje sproeten werd rood.

'Lekker voor de concentratie,' zei Tinka zachtjes terug, 'maar niet heus.'

Honderd meter verderop stond Harko Zwetsloot, een zware man bij wie het zweet werkelijk uit z'n lijf spoot. 'Nee, hij was uit, Gerard!' brulde hij. 'Kom zelf kijken, hier, een duidelijke afdruk!' Woest omcirkelde hij de plek met het handvat van z'n racket. Daar zou de afdruk van de bal in het gravel staan, net achter de baseline.

'Oké, oké,' riep z'n tegenstander. 'Jij je zin, hij was uit.'

'Uit is uit,' dreinde Zwetsloot. 'Kom zelf maar kijken. Kom dan!'

'Nee, nee, het is al goed.'

Vlak na deze uitbarsting, om negen uur precies, verscheen Maria Surtorius bij baan zes. Ze was een jonge vrouw met een knap gezicht, waarin warme, levendige ogen stonden. Maria knikte naar baan één. 'Daarom ben ik hier, meiden,' knipoogde ze, 'om dat soort gebrul te voorkomen.'

'Nou,' reageerde Tinka meteen, 'wij zijn wel wijzer. Bij twijfel spelen we de bal gewoon over, toch, Fan?'

Fanny knikte. 'Zeker weten!'

'Ja, ja, dat zeggen jullie nou wel, maar in het heetst van de strijd kunnen er rare dingen gebeuren!'

'Over rare dingen gesproken,' zei Tinka. 'Heb je gezien wat er met Richard z'n standbeeld is gebeurd?'

'Natuurlijk heb ik dat gezien! Helemaal niet leuk en weten jullie wat ik me afvraag?'

'Wie de dader is,' zeiden de meiden in koor.

'Ja, dat uiteraard ook, maar waarom heeft die persoon zo groot *help!* op het beeld geschreven? Daar snap ik niks van.'

'Nee, wij ook niet,' mompelde Tinka.

'Nou, goed,' zei Maria. 'We gaan tennissen. Kom op, eerst doen we de toss. Kop of munt?'

Tinka won de toss en koos ervoor om te beginnen met serveren met de zon in haar rug. Bij eerdere wedstrijden had Tinka moeiteloos van Fanny gewonnen, maar elke partij was weer anders. Nu moest ze haar eerste service van de partij slaan. Ze concentreerde zich, stuiterde de bal drie keer, gooide hem op en raakte hem vol en krachtig.

Topspin

Nog geen twintig minuten later stond Tinka al op setpoint. Van lange slagenwisselingen was geen sprake geweest. De aces vlogen Fanny om de oren en bijna al haar passeerslagen werden met volleys en dropshots afgemaakt. Steeds weer moest Fanny van haar geliefde baseline naar voren rennen om Tinka's listige balletjes te halen. Daar werd ze natuurlijk hondsmoe van, terwijl Tinka nog zo fris als een hoentje was. Alleen om het laatste punt van de set ontstond een echte rally. Fanny's service was met veel effect en diep geslagen. Tinka kreeg er nog net haar racket achter. Haar return zoefde over het net en Fanny aaide de bal met een slice backhand terug. Altijd backhands met slice, dacht Tinka, ze kan gewoon geen harde backhand slaan, eentje met topspin, maar ik wel!
Pats!
Tinka's backhand maakte een deuk in het gravel en de bal sprong hoog op. Die zie ik niet meer terug, dacht ze, maar dat viel tegen. Fanny rende sneller dan ooit en wist zich te redden met een hoge lob. Tinka's ogen volgden de bal hoog boven haar hoofd. Die gaat uit! fluisterde ze tegen zichzelf, niet smashen! Maar de bal viel net vóór de baseline op het gravel. O, o, nu moest ze snel zijn! Ze sprintte om de bal heen om hem alsnog met haar backhand terug te slaan. Ze gleed over het gravel en al glijdend sloeg ze de bal heel schuin crosscourt.
Pats! Bovenop de lijn!
Fanny stond stokstijf op de baan. Het enige wat aan haar bewoog waren haar wenkbrauwen, die op hun meest verbaasde stand sprongen. Vanuit haar hoge scheidsrechtersstoel galmde

Maria: 'Eerste set voor Tinka Bezemer, 6-1.' Toen keek ze Tinka aan. 'Ik dróóm van zo'n backhand!'

'Ik ook,' treurde Fanny.

Beide meiden liepen naar de bank waarop hun rugzakken lagen. Ze gingen zitten en dronken gulzig uit hun waterflesjes. Fanny droogde zuchtend haar gezicht en armen af met haar handdoek. Tinka zweette nauwelijks en raakte haar handdoek niet aan. Haar rode jurkje zag er nog onberispelijk uit.

'Ik daal even af, meiden,' zei Maria. 'Kan ik de benen strekken.' Ze klom naar beneden en wees naar de lucht. 'Wat een bijzonder zonlicht, vinden jullie ook niet? Moet je eens naar die wolken kijken. Het lijkt wel of ze een króón van licht op hebben.'

De gouden wolkenranden konden Tinka maar weinig boeien. Wat bezielt zo'n Karim? dacht ze, waarom doet iemand zoiets stoms? Ja, Fanny had best wel gelijk, die rat met het strikje en ook de hagedis aan de parachute waren knap getekend, maar waarom kon dat dan niet op een stuk papier of linnen? Maak dan een schilderij en verpest niet zo'n mooi beeld! Dat is toch misdadig!

'Met mij ben je snel klaar, Tink,' zei Fanny. 'Je wordt echt steeds beter. Ik hoop dat je me straks nog een game gunt.'

Stilte.

'Tinka! Hallo!'

'O, sorry, wat zei je?'

'Je zat zeker met je gedachten bij het standbeeld.'

'Ja,' gaf Tinka toe. 'Ik dacht, misschien komt Richard wel van zijn sokkel af om zich te wreken voor die druipsnor, om de dader een mep te geven met z'n bronzen racket! Dat zal me een klap geven!'

'Jij geeft anders ook rake klappen,' grinnikte Maria. 'Je wint straks vast de finale!'

Tinka glimlachte verstrooid.

'Nou,' zei Fanny, 'er is nog wel een zekere Martina Punt.'

'Wat is daarmee?' vroeg Maria.

Beide speelsters keken haar verbaasd aan.

'Martina Punt,' zei Tinka met iets venijnigs in haar stem, 'heeft drie zomertoernooien op rij gewonnen en zit in Jong Oranje.'

'O, dat wist ik niet, dus je hebt al eerder tegen haar gespeeld.'

'Ja, twee keer in de derde ronde, twee keer verloren in drie sets.'

Tinka's gezicht betrok. In haar herinnering zag ze Martina's niet te retourneren forehands langs suizen. Wat kon die meid hard slaan!

'Ach,' troostte Maria, 'misschien heb je nu meer geluk.'

Fanny begon te lachen. 'Leuk dat je dat zegt, is het je opgevallen dat Tinka tussen de games nooit op de lijnen stapt?'

'Nee, dat viel me niet op. Waarom doe je dat niet?'

'Dat brengt ongeluk,' zei Tinka ernstig.

'Ze speelt ook al haar wedstrijden in dat rode jurkje, toch, Tink?'

'Zolang ik win wel.'

'Goed, meiden,' zei Maria opgewekt. 'Genoeg gekletst, wisselen van helft, volgende set!'

Het wonderlijke incident gebeurde bij een 4-1 stand. Fanny sloeg een lob en Tinka sprong met haar racket helemaal uitgestrekt zeker een meter de lucht in voor de smash. Haar jurkje fladderde wild om haar bovenbenen, terwijl haar woest wapperende paardenstaart als een snor onder haar neus hing. Tinka raakte de bal nog net, maar wist meteen dat het goed mis was.

De bal ging loodrecht de lucht in en daar, hoog in het felle zonlicht, botste het gele ding tegen iets zwarts aan.

Pats!

Bwaf!

Met een doffe plof stortte een vogel neer op het gravel, vlak
voor Tinka's voeten.

Kauw

'Ieeew!' gilde Tinka, terwijl ze een sprong naar achteren maakte.
'Ieeeeeew!!' gilde Fanny.

Snel kwam Maria van de scheidsrechtersstoel af. 'Blijf rustig,
meiden,' sprak ze op kalme toon. 'Rústig blijven, alsjeblieft.'

Tinka's hart bonkte in haar keel, maar toch was ze al wat kalmer.
Samen met Maria boog ze zich over de roerloze vogel heen.

'Sorry, beest,' prevelde Tinka. 'Sorry.'

Fanny bleef aan de andere kant van het net staan. 'Is… is het een
kraai?' stotterde ze.

'Nee, het is een jonge kauw,' antwoordde Maria. 'Dat kun je zien
aan z'n grijze nek.'

'O, hoe… hoe weet je dat-ie jong is?'

'Kijk maar eens hoe pluizig hij nog is, Fanny, zo pluizig als een
oude tennisbal.'

De linkervleugel van de kauw hing raar slap. Daar ontbraken enkele veren. Tinka zag ze iets verderop op de baan liggen.

'Is hij dood?' vroeg Fanny met trillende stem.

'Nee,' zei Maria, 'volgens mij alleen versuft.'

'Maar z'n vleugel is gebroken.'

'Ja, dat denk ik ook.'

Tinka staarde naar de veren. Konden die terug op de vogel? Was
zoiets mogelijk? Of konden veren soms weer aangroeien?

De kauw verroerde zich nog altijd niet. Z'n oogjes waren gesloten. Tinka knielde op het gravel. Voorzichtig bewoog ze haar
wijsvinger naar het vogelkopje. Heel licht raakte ze hem aan.

'Kijk nou, hij wordt wakker!' riep Maria verheugd uit. 'Goed zo,
Tinka!'

De vogel bewoog zich een beetje. Tinka bekeek hem wat beter. Z'n buik en wangen kleurden lichtgrijs en z'n vleugels waren net zo zwart als haar eigen haren. Het nekje en de keel waren potloodgrijs, de poten inktzwart.

'Z'n ogen gaan open!' riep Maria naar Fanny.

Helderblauwe oogjes keken Tinka aan. Ze zag een lichtje in de oogjes, een vonk, een blik die contact zocht. Ineens opende de kauw z'n snavel. 'Kauw!' klonk het klaaglijk zachtjes. 'Kauw! Krraaak!'

Tinka sprong op. 'Hoorden jullie dat? Hij praat! Hij zei z'n... z'n náám!'

'Ja, ja, ik hoorde het ook,' zei Maria met een gespannen glimlach. 'Het is vast een tam kauwtje, door mensen grootgebracht.'

Fanny's nieuwsgierigheid won het van haar angst. Ze liep om het net heen en ging naast Maria staan. 'Kunnen kauwen dan leren praten?'

'Jazeker, net als papegaaien.'

'Kaarrrr!' bracht het beest nu luider uit. 'Krrraak!'

'Vét!' verzuchtte Fanny.

Ineens probeerde de kauw zich op te richten. Moeizaam kwam hij overeind, waarbij z'n pootjes houvast zochten in het gravel. Z'n verfomfaaide donsveertjes trilden zachtjes in de wind.

'Wat gaat-ie nou doen?' vroeg Fanny.

Niemand kreeg tijd voor een antwoord. De kauw strekte z'n rechtervleugel, nam een aanloopje en probeerde weg te vliegen. Z'n lamme vlerk sleepte met een akelig geluid over het gravel en zijn stumperige vleugelslag kreeg geen vat op de lucht. Toch slaagde hij erin om een stukje van de grond te komen, maar ter hoogte van de middenservicelijn vloog de vogel met een klap tegen het net.

'Ieeeew!!' gilde Fanny.

'Shit!' kreunde Tinka en de tranen schoten haar in de ogen. Ik heb, dacht ze, het allermooiste van hem afgepakt: het vliegen. Machteloos hing het beest klapwiekend in het touwwerk. 'Kaa-kaa!' krijste hij. 'Kaa-kaa! Kaa-kaa!'

'Verdorie, wat ben je toch een pechvogel, Kauwtje!' zei Maria, terwijl ze snel naar het dier toeliep. Met een paar handgrepen wist ze hem heelhuids uit het net te krijgen. 'Pak snel je handdoek, Tinka!' riep ze. 'Dan kan ik hem erop leggen.'

Tweehonderd snelle hartslagen later lag de kauw roerloos en met gesloten oogjes op Tinka's handdoek, net buiten de lijnen. 'Hij is uitgeput,' meende Fanny. 'Poeh, Maria, dat je hem beet durfde te pakken! Hij had je zo kunnen pikken met z'n snavel!'

'Ach, dat valt wel mee, hoor. Ik…'

'Hallo daar!' klonk ineens een mannenstem. 'We hoorden zo'n gegil en gekrijs. Wat zijn jullie in vredesnaam aan het doen?'

Tinka draaide zich om. Daar stonden Harko Zwetsloot en z'n tennismakker. Beiden dropen van het zweet. Het shirt van Zwetsloot spande strak over z'n buik, die nog groter was dan de bult van een kameel. Onder de bult staken twee dunne beentjes uit.

'Kijk nou!' grijnsde hij. 'Jullie hebben een zwarte dief op bezoek, zo'n babbelkraai.' Hij liep meteen met grote stappen naar de handdoek, terwijl de andere man van een afstandje bleef toekijken.

'Ja,' zei Maria, 'we wilden net de dierenambulance bellen.'

Meteen barstten beide mannen in lachen uit.

'Lief schatje,' zei Zwetsloot nahikkend, 'denk je nu echt dat er een ambulance komt voor zo'n strontpikker? Ik schiet ze op

mijn land bij bosjes af en spijker ze op paaltjes vast als vogelverschrikker. Vindt iedereen oké.'

Een ijskoude rilling ging over Tinka's rug.

'Ik ben jouw lieve schatje niet,' bitste Maria, 'en wij bellen gewoon de dierenambulance.' Ze pakte haar tas.

'Ach,' zei de andere man, 'het is ongedierte, trouwens, z'n vleugel is gebroken. Dat ziet een kind. Je kunt hem beter uit z'n
lijden verlossen.'

'Hij is geen ongedierte!' kwam een rood aangelopen Tinka er
boos tussendoor. 'Hij keek me aan. Hij kan praten! Hij…'

'Daarom noemen ze hem babbelkraai,' viel Zwetsloot haar in
de rede, 'en volgens mij is hij al morsdood, of nee, hij beweegt
nog, wacht, zal ik…' Ineens hief de grote man zijn racket voor
de genadeslag.

'Niet doen!' gilde Tinka furieus, terwijl ze er snel tussen sprong.
'Blijf van hem af, Puntendief! Blijf van hem af!'

Zwetsloot liet langzaam z'n arm zakken. 'Puntendief?'

'Ja,' vulde een lijkbleke Fanny dapper aan, 'zo noemen ze u.
Iedereen! En terecht!'

Zwetsloot keek z'n makker aan. 'Is… is dat echt zo, Gerard?'

'Laten we maar gaan, Harko. Kom!'

Even later dropen ze af.

'Pfff, vróuwen!' hoorde Tinka de Puntendief nog minachtend
mompelen.

Mummie

In één opzicht kreeg de Puntendief gelijk. De dierenambulance reed niet uit voor een kauwtje met een gebroken vleugel. 'Brengt u hem maar naar de vogelopvang in de buurt,' zei een ambulancemedewerker over de telefoon tegen Maria.

Nu stond het drietal enigszins besluiteloos rond de gewonde kauw. Tinka zag z'n borst moeizaam op en neer gaan. Kauwtjes snavel ging af en toe wijd open, maar bracht geen geluid meer voort. Het ging duidelijk niet goed met hem.

'Wat doen we met de wedstrijd, meiden?' vroeg Maria. 'Spelen jullie verder zonder scheids? Zal ik Kauwtje wegbrengen?'

'Nee, nee,' protesteerde Tinka. 'Het is mijn fout. Ik breng hem weg.'

'Het is niet jouw fout,' corrigeerde Maria. 'Het was domme pech dat hij daar net langs vloog en jij die bal verkeerd raakte.'

'Ja, zo is het,' zei Fanny. 'Het was een ongeluk.'

'Goed,' besliste Maria. 'Tinka brengt hem naar de vogelopvang aan de Velperweg, dat is een kwartiertje fietsen. Punt is: hoe vervoer je hem?'

Tinka ging op de bank zitten en opende haar rugzakje. 'We doen hem met handdoek en al in mijn rugzak,' stelde ze voor. 'Daar ligt hij rustig en zacht. Kom, Fan, dan leggen we hem er samen in.' Resoluut pakte ze twee punten van de handdoek beet, Fanny nam aarzelend de andere twee. De kauw bleef roerloos liggen.

'Ik tel tot drie,' zei Tinka. 'Bij drie tillen we de handdoek voorzichtig omhoog, oké?'

Fanny knikte.

'Gaan we: één, twee… drie! Prima! Ja, ja, zo gaat-ie goed. Gelukt!'

En zo werd de handdoek als brancard gebruikt en het rugzakje als ambulance. Tinka maakte de klep van haar rugzak een stukje dicht en deed hem voorzichtig om. 'Zo heeft hij lucht genoeg, toch?'

'Jazeker,' glimlachte Maria, 'ik vind dat je dat heel goed doet.'

'Maar kijk straks uit bij de verkeersdrempels,' waarschuwde Fanny.

'Tuurlijk. O, wacht, ik laat m'n racket hier. Dan kunnen jullie ondertussen een potje spelen.' Ze duwde Maria haar racket in handen.

'Als er problemen zijn meteen bellen, hè?' zei Fanny.

'Ja, ja, tuurlijk.'

Bij het fietsenrek deed Tinka de rugzak even af en gluurde naar binnen. Ze zag dat de kauw z'n oogjes weer open had. Hij keek een beetje scheel.

'Hoi Kauwtje,' fluisterde ze. 'Ik ga je naar de vogelopvang brengen.' Wat later reed ze langs het inmiddels met politielint afgezette standbeeld. Bij de bronzen reus stonden mensen te fotograferen met hun mobiele telefoons en er waren zelfs twee televisieploegen die opnames maakten.

Tinka draaide de trappers rustig rond. Achter haar klonk af en toe een kreetje uit de rugzak, een gesmoord 'tsjakkauw'. Uit de toppen van de bomen klonken andere vogelkreten, soms scherpe, dringende geluiden, dan weer het kalme, zachte koeren van duiven. Tinka staarde naar de lucht, waar de kauw uit was komen vallen. De hemel was helderblauw en onmetelijk hoog. Hoe was het om daar te vliegen? Fantastisch natuurlijk! Je zingt van vreugde, zit net achter een mals insect aan en dan word je ineens pats boem geraakt door een tennisbal! Tinka keek over haar schouder. 'Sorry, Kauwtje,' fluisterde ze. 'Nogmaals sorry, ik deed het echt niet expres.'

'Kraak!' was het antwoord.

Ze trapte verder, iets gejaagder nu. O god! dacht ze voor de honderdste keer, zal hij ooit nog kunnen vliegen?

De medewerker van de vogelopvang dacht van wel. Het was een man met helderblauwe ogen en een grijze baard die mooi naar beneden golfde. Hij heette Gijsbert.

'O, ik zie het al,' zei Gijsbert na een eerste blik in het rugzakje. 'Dat valt wel mee.'

'O, gelukkig!' reageerde Tinka opgelucht. 'Weet u, hij kan praten!'

'Ja, ja, kauwen zijn slimme beesten. Is hij van jou? Ik bedoel: heb jij hem tam gemaakt?'

'Nee, nee,' ratelde ze nerveus. 'Ik heb hem met tennis per ongeluk uit de lucht geslagen. Hij viel zo op de baan!'

'Zoiets heb ik nog nooit gehoord,' mompelde Gijsbert in z'n baard. 'Maar die vleugel… Kunt u…? O, shit!' Tinka sloeg haar hand voor haar mond. 'O, wat stom! Misschien heeft u die veren nodig?'

'Welke veren?'

'Nou, die door de tennisbal uit z'n vleugel zijn… eh…'

Gijsbert keek haar geamuseerd aan. 'Die veren kun je er heus niet aanplakken, Tinka. In z'n linkervleugel blijft een gat, maar hij zal toch weer kunnen vliegen, hoor, alleen een beetje anders dan andere kauwen.'

'O, gelukkig!'

Gijsbert pakte de kauw heel behoedzaam uit de rugzak, maar toch verzette de vogel zich. Hij spreidde z'n staart uit als een Chinese waaier, plooide z'n gezonde vleugel ver open en deed z'n kop omlaag zoals woedende stieren doen.

'Rustig, beestje!'

'Hij heet Kauwtje.'

'Rustig, Kauwtje!'

'Kaar!' riep de vogel uit. 'Kaar!'

'Zie je dat?' bromde Gijsbert. 'Hij maakt zich zo groot mogelijk, omdat hij bang is.'

Tinka zag het kauwtje heel boos kijken.

'Kom maar, beestje, kom maar.'

'Ja, kom maar!' moedigde Tinka de vogel aan.

Opeens gaf Kauwtje zich gewonnen. Hij verzette zich niet langer en in de grote handen van de vogelverzorger werd hij een klein balletje veren, een echt zielenpietje.

'Bij een vleugelbreuk,' zei Gijsbert, 'drukken we met verband de gebroken vleugel tegen het lichaam aan.'

'Aha.'

'Kijk, daar liggen de windsels.'

Op een tafel even verderop zag Tinka wel twintig stukken verband. 'Moet ik meehelpen?' vroeg ze.

'Nee hoor, let op!' Gijsbert liep naar de tafel en heel handig bracht hij een windsel aan rond Kauwtjes borst en de voorkant van z'n vleugels. Daarna volgde er eentje rond z'n buik en de laatste ging om staart en vleugelpunten van de kauw.

'Hij is net een mummie,' grinnikte Tinka.

'Ja, hè, zo is hij goed ingepakt. Na een kleine week mag het verband er definitief af.'

'Kan hij dan écht weer vliegen?'

'Jazeker! Ach, er zit iets aan z'n poot, momentje.' Met een natte doek maakte Gijsbert het pootje schoon. 'Roze verf,' mompelde hij zachtjes in z'n baard.

'Bent u nu klaar?' vroeg Tinka een tikkeltje gejaagd.

'Jazeker.'

'Mooi!' Meteen greep ze naar haar rugzak. 'Nou, ik ga weer naar de tennisbaan. Ik moet m'n partij uitspelen.'

'Ho, ho, niet zo snel,' bromde Gijsbert, terwijl hij haar recht aankeek. 'Het spijt me, maar ik kan Kauwtje hier niet houden. Er is geen ruimte, zelfs de buitenvolière is vol.' Hij wees naar een schuurtje even verderop, waaruit gekwetter en gefladder klonk.

'O?' Bliksemsnel dacht Tinka na. 'Weet u,' zei ze toen zeer beslist, 'ik verzorg hem thuis wel, geen probleem.'

Gijsbert streek tevreden over z'n baard. 'Prima, dat hoopte ik al, het is heus niet moeilijk.'

'Eet hij vliegjes?'

'Kauwen zijn alleseters, ze eten zelfs patat en poffertjes, maar op internet kun je alles over hun verzorging vinden.'

'Oké.'

'Maar moet je niet even met je ouders bellen?'

'Nee hoor, die vinden het goed, zeker weten.'

Kauwtje leek te beseffen dat het gesprek over hem ging. Met z'n lichtblauwe kraalogen keek hij hen beurtelings indringend aan.

'Nou goed,' zei Gijsbert. 'Geef me je adres maar, dan kom ik om de dag langs om het verband te verschonen, want dat is wél een lastig klusje.'

Tinka gaf haar adres.

'Aha, de vogelbuurt, nou, daar zal hij zich wel thuis voelen.'

'Ja, ik woon in het huis met de groene dakpannen.'

Gijsbert glimlachte met z'n hele gezicht en wees op een plastic kist met luchtgaten. 'Wil je een vogeltransportbox lenen?'

'Nee, nee, ik zet hem zo weer in m'n rugzak.'

'Durf je hem zelf te pakken?'

'Tuurlijk!' Tinka pakte de kauw beet alsof hij een kostbare vaas was en net voor ze hem terug deed, zag ze op haar handdoek twee groene, stinkende klodders.

Morsdode vlieg

Fanny en Maria lieten hun rackets zakken. Verbaasd keken ze Tinka aan.

'Heb je hem weer meegenomen?' vroegen ze in koor.

'Ja, er was geen plek bij de vogelopvang. Ik neem hem straks mee naar huis, hè Kauwtje?'

Meteen stak de kauw z'n kop onder de flap van het rugzakje vandaan.

'Zien jullie dat? Hij luistert!'

'Wordt hij weer beter?' vroeg Fanny.

'Absoluut! Over een kleine week mag het verband eraf en kan hij weer vliegen.'

Fanny en Maria liepen naar de bankjes en bekeken de in verband gewikkelde vogel.

'Ziet er professioneel uit,' zei Maria waarderend.

'Getsie!' gruwde Fanny. 'Hij heeft gepoept.'

'Ach, die handdoek moet toch in de was,' zei Tinka laconiek. 'Waar waren we gebleven? Het staat 4-1 voor mij en jij mag serveren, toch?'

Al snel was de baan weer van Tinka. Ze liet Fanny van hoek naar hoek rennen en haar service liep als een trein. Vrijwel elke bal raakte ze zoals ze hem raken wilde: hard of zacht, met slice of met spin, vlak en strak, verdedigend of aanvallend, alles lukte! Om adempauzes te krijgen sloeg Fanny veel hoge lobs. Deze 'maanballen' waren moeilijk te bespelen, maar Tinka wist er wel raad mee. Haar smashes deukten het gravel. Net als in de eerste set was er maar één lange slagenwisseling, die verrassend werd beslist door een mooie, knallende passeerslag van Fanny.

'30 gelijk!' riep Maria en ze vervolgde met: 'Meiden, kunnen jullie alsjeblieft de bal voor de leuk even heel rustig heen en weer spelen?'

Beide speelsters keken haar verrast aan.

'Hoezo?' vroeg Fanny.

Maria knikte naar Tinka's rugzak en fluisterde: 'Jullie hebben een toeschouwer.'

Even later sloegen ze de bal, terwijl ze uit hun ooghoeken naar de rugzak loerden, rustig naar elkaar toe. Al snel werd de glimlach op hun gezicht steeds breder. Kauwtje keek nieuwsgierig over de rand van het rugzakje en bewoog z'n kop heen en weer om de bal te volgen.

'Cool!' grinnikte Fanny.

'Net een mens,' prevelde Tinka.

'Oké, meiden,' beval Maria streng. 'Nu weer serieus anders komen we in tijdnood.'

Nog geen tien minuten later stond Tinka al op matchpoint. Ze serveerde de partij uit met een ace die het gravel deed stuiven.

'Game, set en match voor Tinka Bezemer!' verhief de scheids haar stem. 'Tinka wint in twee sets, 6-1 en 6-2.'

Terwijl Maria op een van de bankjes het toernooiformulier invulde, puften de speelsters uit bij de gewonde vogel. Af en toe namen ze een slok uit hun waterflesjes.

'Ik vond Kauwtje wel een beetje angstig naar de bal kijken,' zei Fanny.

'Ja, vind je het gek! Hij is zich natuurlijk rot geschrokken van dat harde, gele ding.'

'Tja, dat zal het zijn. Wat ga je nu verder doen?'
'Voor hem zorgen natuurlijk.'
Maria keek op van haar schrijfwerk. 'Misschien kun je hem wat te drinken geven? Hij heeft het vast ook bloedheet.'
'Goed idee,' zei Tinka. Shit, dacht ze, waarom kom ik zelf niet op zulke dingen? Kán ik wel voor Kauwtje zorgen? Ze keek een beetje hulpeloos naar haar waterflesje. Hoe deed je dat? Hoe moest de kauw drinken?
'Doe maar een beetje water in de dop van je fles,' raadde Maria aan.
Dat bleek een goede tip.
'Kijk, hij drinkt!' jubelde Fanny.
Met z'n drieën keken ze toe hoe Kauwtje telkens z'n snavel in het dopje met water dipte. Tinka vulde het dopje twee keer bij en toen had de vogel geen dorst meer.
'Nu nog wat eten,' besliste Tinka. 'Die beesten lusten bijna alles.' Ze nam haar racket, keek strijdlustig om zich heen en liep naar de vangnetten.
'Wat ga jij nou doen?' vroeg Fanny.
'Op jacht!'
'Huh?'
Met haar racket in de aanslag liep Tinka de bosjes achter de vangnetten in, waar het naar rozenbottels en bramen rook. In de schaduw van de altijd groene cipressenhaag bleef ze staan. Rond haar hoofd klonk gezoem. Plots sloeg ze met het racket in de lucht alsof ze een smash gaf. 'Raak!' juichte ze.
Wat later lag er een morsdode vlieg in het flessendopje.

Verpesters

Maria had allang afscheid van de meiden genomen en was naar huis. Fanny en Tinka kletsten nog wat na, onder andere over hoe Fanny met haar forehand een sprinkhaan velde, want ook zij had in de bosjes een hapje voor Kauwtje geregeld. Inmiddels liepen ze in de richting van het clubhuis.

Plop-plop-plop.

Op baan vier begon een ballenkanon tennisballen af te vuren. Tinka zag dat de loop zo was afgesteld, dat hij alle kanten opzwaaide. Het kanon vuurde cross-court volleys af, maar ook services, lobs en dropshots.

'Kijk,' zei Fanny, 'het is die Gerard, je weet wel.'

'Ja, hij speelt natuurlijk liever tegen een machine dan tegen de Puntendief!' grinnikte Tinka. 'Het kanon speelt niet vals!'

'En vloekt nooit!' vulde Fanny aan. Toen slaakte ze een bewonderende zucht. 'Dat jij tussen hem en Kauwtje in sprong, Tink, ik had zoiets nóóit gedurfd.'

'Het ging vanzelf joh, ik was zó boos.' Meteen begon Tinka zich weer op te winden. 'Waar haalt die vent het recht vandaan om zomaar een vogel dood te slaan?! Knettergek ben je dan, écht knetter!'

'Ja, knetter,' echode Fanny.

Ze waren nu halverwege het tegelpad naar het clubhuis. De enige geluiden waren het geplop van het ballenkanon, de returns van Gerard, hun voetstappen op de tegels, en het gekras van nageltjes tegen het canvas van Tinka's rugzakje. Boven hun hoofden hing een verrukkelijk blauw, waarin Kauwtjes soortgenoten zorgeloos rondzweefden. Uit de immens hoge hemel stroomde een gouden licht.

'Tink?'
'...'
'Tinka!'
'Huh, ja, wat is er?'

Diep in de donkere ogen van haar vriendin zag Fanny iets gloeien. 'Ben je wel oké?'

'Ja, hoezo?'

'Je bent aan het piekeren, toch?'

Als antwoord gebaarde Tinka om zich heen. 'Het leven is zo mooi, Fan, en daarom is het zo jammer dat er altijd lui als de Puntendief en die Karim zijn, de lui die het verpesten. Wie tekent er nou een rat op Richards kont? Wie bekladt nou zo'n mooi standbeeld? Wie slaat er nou expres kauwen dood?'

Fanny maakte een hulpeloos gebaar. 'Ik weet het niet, maar volgens mij zul je altijd van die verpesters hebben, daar kun je niks aan doen.'

De meiden liepen het terras op, waar hen een onaangename verrassing wachtte. Onder een parasol zat de Puntendief aan een tafeltje achter een glas bier. Naast het glas stonden twee lege flesjes.

'Nee hè,' mompelde Tinka.

'Jeetje,' kreunde Fanny, 'het is nog geen elf uur en nu zit-ie al te hijsen.'

'O, hij heeft ons gezien.'

'Gewoon doorlopen, Tink! We moeten wel langs hem!'

Fanny trok de kraag van haar trainingsjack zo hoog mogelijk op om zich voor de blikken van de Puntendief te verbergen. Tinka klemde haar rechterhand zo stevig om het handvat van haar racket, dat haar knokkels wit werden. Als het moest zou ze hem als zwaard gebruiken. Ze zou zo hard mogelijk meppen!

'Ja, ja, ik zie jullie wel, hoor,' knorde de Puntendief. 'En? Hebben de blauwe zwaailichten gezwaaid voor dat kreng? Ligt hij nu op de operatietafel?' Zijn lach klonk als het krassen van een krijtje op het schoolbord.

Tinka kon het niet laten om te reageren, om aan te vallen. 'Nou, hij is netjes verbonden en volgende week vliegt hij weer, als u dat maar weet!'

De man hief z'n glas. 'Jammer, van mij mogen ze allemaal dood! Ik proost op de dood van alle kauwen en kraaien!'

'Maar... maar hoezo dan?' stotterde Fanny met een trillende onderlip.

'Omdat ze op m'n land alle granen en zaden opvreten, dáárom! Proost!' De Puntendief dronk in één teug z'n glas leeg.

'Kra!' klonk ineens uit de rugzak.

Met een klap zette de Puntendief z'n lege glas op tafel, maar hij keek alsof hij het liever tegen de grond had gesmeten. 'Wat? Zit die babbelkraai soms in je rugzak?'

Het kauwenkopje verscheen boven de rand. 'Kauw!

'Donder op met dat rotbeest!' gromde de Puntendief. 'Als ik m'n geweer bij me had, schoot ik hem aan gort! Donder op!'

Met knikkende knieën liepen de meiden snel het clubhuis in, waar gelukkig andere mensen waren, onder andere de barvrouw en twee echtparen op leeftijd die van plan waren om te gaan dubbelen.

'Wat een griezel!' rilde Fanny.

'Zou hij écht een geweer hebben?'

'Boeren hebben hagelgeweren. Blijft hij zitten?'

Tinka loerde over haar schouder. 'Gelukkig wel.'

Langs lege barkrukken en goed gevulde prijzenkasten liepen ze naar de hoofdingang, waar in de vestibule het toernooischema met punaises aan de wand was geprikt.

'Kijk, daar staat het,' wees Tinka. 'Morgenochtend moet ik in de halve finale tegen Christa of Marjolein.'

'Op wie hoop je?'

'Op Christa natuurlijk, die Marjolein is zo onsportief. Ze kan ook zo griezelig hard kreunen, volgens mij nog harder dan Maria Sharapova, meer dan honderd decibel.'

'Wát?'

'Zo hard krijst Sharapova, Fan, honderd en één decibel, dat is gemeten.'

Even later liepen ze onder de vredig koerende duiven door en arriveerden bij de fietsenrekken. Tinka zag dat er nu veel minder mensen rond het besmeurde beeld stonden. Pieter Smoor was er nog altijd. Druk gebarend stond hij iets uit te leggen aan twee mannen met pennen en notitieblokjes.

'Wat is Kauwtje verdacht stil,' vond Fanny. 'Zal ik even kijken?'

Tinka schrok. 'Shit, als hij zich maar niet doodgeschrokken is van de Puntendief!'

Snel gluurde Fanny in de rugzak. 'Och, wat schattig,' glimlachte ze, 'hij slaapt.'

Stilletjes pakten de vriendinnen hun fietsen.

'Bedankt voor de tennisles,' grinnikte Fanny een tikje bitter. 'Misschien moet ik ook maar niet meer op de lijnen stappen.'

'Je hebt vandaag echt heel goeie ballen geslagen.'

'Dank je. Nou, toedeloe! We bellen!'

Fanny fietste in de richting van de stad, waar ze in de chique bomenbuurt woonde. Tinka moest de andere kant op, naar het villawijkje aan de bosrand. Maar voordat ze weg kon rijden, kwam de voorzitter op haar af.

'En?' vroeg hij. 'Heb je gewonnen?'

'Ja,' zei Tinka, 'in twee sets, morgen de halve finale.'

'Mooi zo, nou, ik heb het vreselijk druk gehad, de hele landelijke pers stond hier op de stoep, van SBS-Shownieuws tot het Nos-journaal.'

'Jeetje!'

'Ja, ja,' snoefde Smoor, 'ik heb zo m'n contacten. Nu zullen we eens zien hoe lang onze Karim nog op vrije voeten blijft. Het hele land weet ervan.'

'Wanneer wordt Richard schoongemaakt?'

'Zo snel mogelijk! Trouwens, Richard heeft zelf ook nog gereageerd op die smerige graffiti. Verdorie zeg, een rat op z'n bil, een rát! Ongehoord!'

'Wat zei hij?' vroeg Tinka gretig.

Pieter Smoor kuchte achter z'n hand. 'De Wimbledonkampioen,' zei hij na dat kuchje, 'vraagt zich vooral af wat dat *help!* op z'n borst te betekenen heeft.'

Zwembad

Tinka woonde met haar ouders en broertje in een vrijstaand huis met groene dakpannen. Rond het huis lag een grote tuin, waarin meteen de geelrode wigwam opviel, de india-nentent van haar zevenjarige broertje Joris, die volgens hun vader in een 'indianenfase' zat. Wat ook in het oog sprong was een schuur met een betonwand, waarop Tinka met witte verf een net had geschilderd, dat in het midden exact eenen-negentig centimeter hoog was en bij de hoeken ruim één me-ter, precies zoals het officieel hoorde. Hier oefende ze haar slagen.

'Hoi pap!' riep Tinka, terwijl ze de huiskamer binnen stoof. 'Waar zit je? Kom eens kijken wat ik bij me heb!'

Jan Bezemer kwam sloffend uit z'n werkkamer tevoorschijn, waar hij al maanden aan een liefdesroman schreef. De schrijver was lang en mager en liep een beetje met een gebogen rug. Zijn gezicht was bleek en slordig geschoren. 'Ah, daar ben je weer,' zei hij met z'n rustige basstem. 'Hoe ging het?'

'Ik heb gewonnen, maar kijk eens in m'n rugzak!'

'Krijg nou wat,' mompelde haar vader. 'Een kauwtje in feest-verpakking. Was-ie duur of was-ie afgeprijsd?'

'Hè, doe nou eens serieus, pap. Hij is gewond, z'n vleugel is gebroken.'

'Ach, verdikke!'

'Maar er is nog meer gebeurd, véél meer!'

'O? Wat dan?'

In een razend tempo lepelde Tinka haar verhaal op: van het be-kladde standbeeld tot de Puntendief en de uit de lucht geslagen kauw. Jan Bezemer hoorde het hoofdschuddend aan. 'Jij maakt toch altijd bijzondere dingen mee.'

'Ja, pap, maar dat is niet alles, hij kan praten!'

'O, wat zegt hij dan?'

'Bijvoorbeeld kauw, kara, katsjouw, kraak, kaar, allemaal dingen met een K.'

Haar vader fronste. 'Mmm, grappig, stel je voor dat wij mensen bijvoorbeeld alleen maar woorden zouden kunnen zeggen die beginnen met een Z.'

'Ja, dat zou wat zijn,' grinnikte Tinka.

'Zonder zemelen zakkenwassen, zonderling!' barstte haar vader ineens uit.

'Eh... zondags zoet zappen, zappa.'

'Zeperig zoetzuur zonder zout... Zinka.'

Door het Zinka schoten ze tegelijk in de lach. Tinka kon helder lachen, zo helder en vol, dat iedereen er vrolijk van werd, zeker haar vader.

'Ja, ja,' mompelde hij voor zich uit, 'het is toch wat.'

'Maar goed, pap, Kauwtje blijft hier dus een weekje.'

'O?'

'Ik zorg voor hem.'

'Aha, jij zorgt voor hem, dat weet je zeker?'

'Zeker weten, heb je een kartonnen doos of zo?'

'We hebben geen keus, begrijp ik. Nou goed, in de schuur liggen volgens mij nog een paar lege bananendozen.'

Wat later nestelde Kauwtje zich in z'n huis van karton, dat een oude krant als vloerbedekking had. Tinka zag de vogel parmantig over de nieuwsberichten lopen. Hij bewoog zich, vond ze, als een deftig heertje, een heertje met een te dikke jas. 'Heb je het warm?' vroeg ze. 'Wil je misschien een voetenbad?'

De kauw gaf geen draad.

'Wie zwijgt stemt toe,' meende Tinka. Uit de keuken pakte ze een bakblik dat ze half vol water liet lopen. Daarna zette ze het blik op de granieten tegels van het buitenterras en deed Kauwtje in het water.

'Vind je het lekker in je luxe zwembad?'

'Kra, kra!' was nu het antwoord. De kauw liep door het water, dronk ervan en probeerde z'n vleugels te wassen, maar dat lukte natuurlijk niet.

'Ach, zielenpietje,' treurde Tinka, 'over een week kun je jezelf alweer wassen, hoor, dan kun je je gewone kauwenleventje weer oppakken.' Ze zette de vogel terug in z'n doos met een dopje water. Zelf ging ze met de laptop aan de houten tuintafel zitten.

'Kara! Kara!' klonk uit de doos.

Tinka meende iets angstigs in deze kreet te horen. Ze staarde naar de lucht. Daar vlogen grote kraaien. Waren dat vijanden van jonge kauwen?

'Kauw!'

'Zo heet jij, ja, maar zeg eens Tinka! Tin-ka!'

'Kraak!'

'Nee, Tinka, Tin-ka!'

Kauwtje zweeg.

'Mmmm,' mompelde ze ontevreden, 'ik zal eens kijken wat er allemaal in jouw vogelbrein omgaat.' Daarop sloeg ze de laptop open en zocht op Google naar de combinatie 'praten' en 'kauw'.

Dit was wat Tinka las:

"Als babyvogel leren kauwen het snelst praten. Geef je kauwtje een naam die je heel vaak tegen hem zegt, gebruik wel een korte naam met een R of K erin, bijvoorbeeld Gerrit of Karel. Let op: die naam moet je dus echt inprenten, dus heel veel herhalen, anders pikt de vogel het niet op."
"Hou het babykauwtje de eerste dagen in een kooi, waarin je geen voer moet zetten, nee, je moet hem met de hand voeren. Later kun je hem buiten de kooi zetten en z'n naam roepen. Alleen als hij naar je luistert, moet je hem met voedsel belonen. Let op: een naam en voer horen bij elkaar!"

Tinka klikte door naar de verhalen van mensen die een jonge kauw hadden opgevoed. Hoe kwamen ze eigenlijk aan zo'n beest? Soms, las ze, hadden ze een kauwtje gered uit de bek van een kat, meestal waren het echter jonge dieren die tijdens vliegoefeningen uit het nest waren gevallen. Een paar pagina's verder leerde ze dat kraaien geen vijanden van de kauw waren, maar roofvogels en boeren wel. Kauwenexpert Achilles Cools schreef: "Boeren moeten beseffen, dat kauwen voor de landbouw schadelijke insecten eten. Bovendien is de kauw net als hagel of storm een verschijnsel van de natuur. Waarom moeten ze dood? Het zijn intelligente, verdraagzame beestjes, denkende wezens, net als wij."

Dit ga ik de Puntendief onder z'n neus wrijven, dacht Tinka, ik zal hem…
'Zinka!'
Ze keek op van haar laptop. 'Ja, zap.'

'Ik belde mama over Kauwtje. Ze vroeg of hij al gegeten had.'

'Jazeker, een dikke vlieg en een sprinkhaan.'

'Wát?'

'Hebben Fanny en ik bij elkaar gemept met onze rackets.'

'En daar hebben jullie een heerlijke insectenpaté van gemaakt?'

'Nee, gewoon los in z'n etensbakje gedaan, een dopje van een frisdrankflesje.'

'Slim.'

'Was een tip van Maria, je weet wel.'

Haar vader knikte, liep het terras op en keek in de doos. 'Ik vind jouw vriend er ondanks die vlieg en sprinkhaan hongerig uitzien. Er is nog oud brood. Zou hij dat lusten?'

'Hij lust álles.'

Wat later zagen ze hoe Kauwtje een stukje brood met z'n snavel oppakte, ermee naar z'n drinkdopje liep en het in water doopte.

'Krijg nou wat,' mompelde Jan Bezemer.

'Kijk, pap, nu eet hij het pas op!'

'Ja, ik zie het.'

'Hij sopt het brood in water! Waarom doet hij dat?'

'Dat heeft hij vast als babyvogeltje van z'n baasje geleerd,' verklaarde haar vader. 'Zo krijgt hij het makkelijker weg. Heel interessant.'

'Ga je erover schrijven?' vroeg Tinka gretig.

'Nou, lieve schat, ik zit midden in mijn vuistdikke liefdesroman. Laat ik dat eerst maar eens afmaken.'

Ineens veerde Tinka overeind. 'Oké, hoe laat komen mama en Joris terug van de voetbal?'

Jan Bezemer keek op z'n mobiele telefoon. 'Over een half uurtje, hoezo?'

'Dan ga ik nu een balletje tegen de muur slaan, want ik heb Joris beloofd om vanmiddag met hem op oorlogspad te gaan.'
'O jee,' verzuchtte haar vader met een knipoog, 'is de strijdbijl weer opgegraven?'

Winnetou

Tinka veegde de bal met haar backhand van beneden naar boven, een zwiepende slag die de tennisbal nóg meer vaart gaf.

Pats!

Vol effect knalde hij vlak boven het net tegen de muur en stuitte via het kortgeschoren gras naar Tinka terug. Bliksemsnel deed ze twee stappen opzij. Net zo vlug vloog haar racket van achteren naar voren. Ze raakte de draaiende bal in het hart.

Pats!

Zoals zo vaak oefende Tinka haar backhand met topspin, een van haar beste slagen. Ze had er net zo'n tweehonderd afgewerkt, toen ze op straat een auto hoorde. Daarna klonken de doffe klappen van sluitende portieren en was er de stem van Joris.

'Mam, mag ik vanavond in de wigwam slapen?'

'Nee, jij slaapt gewoon in je eigen bed.'

'Ach toe!'

'Nee, niks ervan!'

'Maar het is zo warm!'

'Niet zeuren! Ga nu eerst maar eens bij je zus kijken.'

'Hoezo?'

'Wat hoezo? Ze heeft toch een gewonde vogel mee naar huis genomen!'

De poort zwaaide open. Natasja Bezemer droeg een luchtig jurkje en platte schoenen. In haar oren staken grote ringen. Joris z'n haren waren nog nat van de douche. Hij rende naar Tinka die haar racket had laten zakken.

'Tink!' riep hij uit. 'Waar is de vogel die je uit de lucht geslagen hebt?'

'Dat is per ongeluk gegaan, Joris.'

'O, jammer, ik wou dat ik met pijl en…'

'Niks te pijl en boog, ventje! Ga maar eens kijken hoe zielig die vogel nu in een kartonnen doos zit. Kijk, daar staat-ie.'

Joris vlóóg op de doos af. Zijn moeder en Tinka kwamen bij hem staan.

'Nou, dat was een heel avontuur, schat!' zei Natasja Bezemer, terwijl ze zich over Kauwtjes kartonnen woning boog.

'Ja, zeg dat wel, mam, gelukkig kan hij straks weer vliegen.'

'Hij zit goed in het verband, zeg.'

Tinka knikte en verschoof het drinkdopje.

'Je had gewonnen volgens papa.'

'Ja, 6-1, 6-2.'

'Goed zo, ik ben trots op je!'

'Ik heb ook gewonnen,' schetterde Joris. '3-0! Ik heb gescoord met een kopbal.'

Tinka legde haar arm om z'n schouders. 'Jij wordt later een heel grote voetballer.'

'Straks gaan we op oorlogspad, hè, dat heb je beloofd.'

'Ja, ja, beloofd is beloofd.'

Joris richtte z'n blik weer op de vogel. 'Saai beest, zo zwart-wit, ik…'

'Kauw! Kraak! Kroink!'

De mond van het jongetje viel open. 'Hij kan práten! Mama, hoorde je dat?'

Natasja Bezemer glimlachte. 'Toch niet zo saai, hè, Joris?'

'Is… is dat z'n naam? Heet-ie Kauw?'

Tinka knikte.

'Kan-ie nog meer zeggen?'

'Hij kletst de oren van je hoofd.'

'Vet cool!' verzuchtte Joris.

Z'n moeder streek hem zachtjes over z'n natte haar. 'Kom, laten we lunchen. Als het goed is heeft papa de tafel gedekt.'

Na de lunch maakte Joris zich klaar voor wat het gezin Bezemer 'het oorlogspad' noemde: een oud jaagpad langs een rivier die voorbij weilanden en boerderijen voerde. In het weiland van een vrouw die iedereen 'tante Heidi' noemde stonden pony's, waarop Joris en Tinka tijdens de zomervakantie regelmatig een ritje maakten. Dat was nu weer het plan. In Joris z'n kamer keek Tinka toe hoe haar broertje zijn nieuwe indianenpak aan trok. Zelf had ze haar tennisjurkje verruild voor een dunne spij- kerbroek en een T-shirt met de ogen en mond van een smiley.

'Zo'n pak droeg Winnetou ook, Tink.'

'Ik weet het.'

'Het grote opperhoofd der Apachen.'

'Ja, ja, oma heeft dat fantastisch gedaan.'

'Toch klopt het niet helemaal.' Joris legde plechtig z'n hand op z'n borstkas. 'Ik mis hier de drie halssnoeren met klauwen van de grijze beer.'

'Nou, misschien komen we straks wel een grijze beer tegen.'

'Zou dat kunnen?'

'Je weet het nooit,' zei Tinka met een stalen gezicht.

'Mmm,' bromde hij, 'oma heeft zich ook vergist in de broeks- pijpen.'

'Je moet niet zo klagen, Joris.'

'Maar daar hoort toch wezelhuid te zitten!' zei hij verontwaar- digd.

'Wezelhuid?'

'En natuurlijk pennen van het stekelvarken, die zwart met witte.'

'Echt waar?'

'Ja!'

'Nog meer klachten?'

'Neuh, het schild met magische tekens klopt en de haarband is ook goed.'

'En die bizontanden op je mouwen?'

'Ja,' gaf hij toe, 'die zijn best wel cool.' Joris schoof de haarband over z'n blonde haren en greep naar z'n zelfgeknutselde pijl en boog.

Tinka pakte ondertussen een lippenstift van haar moeder uit de badkamer. 'Kom eens hier bij de spiegel, Winnetou.' Voor de spiegel bracht ze drie bloedrode strepen op Joris' wangen aan, netjes onder elkaar.

'Vet cool!' glunderde hij.

Terug in de huiskamer zagen ze dat hun moeder Kauwtje vanwege de buurtkatten in de keuken had gezet. Terwijl Joris zich door z'n ouders liet bewonderen, liep Tinka de keuken in, hurkte bij de doos en aaide de vogel zachtjes over z'n kopje. 'Dag Kauwtje,' fluisterde ze. 'Zul je lief zijn?' In de blauwe oogjes begonnen lichtjes te branden. 'Dag Kauwtje,' herhaalde ze. 'Zeg eens Tin-ka.'

De vogel opende z'n snavel en sprak voor het eerst zacht en scherp alsof hij een geheim prijs gaf. 'Karim!' klonk het gedempt, maar het was alsof er een kanon bij Tinka's oor werd afgeschoten.

'Wát... wat zeg je?!' hakkelde ze.

'Karim!' klonk het nu luider. 'Karim!'

Ja, ze had het wel degelijk goed verstaan. 'Ken jij Karim? Wat...'

'Karim! Karim!' krijste het beest.

'Is… is hij soms jouw baasje? Heeft hij jou die naam geleerd?'

'Kauw! Kauw!'

Plots schoot er een zinnetje door Tinka's hoofd, een zinnetje dat in een lange, golvende baard was gemompeld. Verdorie, volgens Gijsbert had er roze verf aan Kauwtje z'n pootje gezeten! Róze verf! Karim!

'Kom je nou nog?'

Tinka draaide zich om naar de keukendeur. Daar stond Joris. 'Wat kijk je raar,' zei hij. 'Is er soms wat? Gaan we niet?'

'Onzin!' riep ze veel te hard. 'Ik kijk helemaal niet raar en natuurlijk gaan we wel! Kom op!'

Rooksignalen

Het was nog altijd erg warm. De aarde op het pad langs de rivier was droog en gebarsten. Af en toe werden Tinka's ogen verblind door de zon en haar broekspijpen plakten aan haar benen. Al heel de weg kon ze haar gedachten aan Kauwtje en Karim maar niet stopzetten. Kenden die twee elkaar? Daar leek het verdacht veel op, want hoe kwam de vogel anders op die bijzondere naam? Kauwtje moest die naam als babyvogeltje honderden keren gehoord hebben, ja, die naam was hem ingeprent. En dan ook nog eens de roze verf aan z'n pootje! Hij had vast en zeker op Richards standbeeld gezeten, terwijl Karim z'n duivelse werk deed. Ja, zó moest het gegaan zijn!

'Tink?'

'Ja.'

'Die… eh… Rafaal Natal.'

'Rafael Nadal bedoel je. Wat is daar mee?'

'Hij staat toch op die poster op je kamer?'

'Ja, en?'

'Daarop lijkt hij wel een indiaan met die haarband.'

'Daar heb je helemaal gelijk in.'

'Hij is ook erg bruin.'

'Klopt!'

'Is hij ook dapper en sterk?'

'Zeker weten.'

'Net als ik!'

'Net als jij!'

Hier werd het pad wel heel erg smal. Tinka en Joris liepen achter elkaar langs het glinsterende water, Joris met stoere passen voorop. De zon leek nu nóg feller te branden, maar gelukkig stond er een beetje wind dat verkoeling gaf.

'Heb je het niet warm, Joris? Ik heb drinken bij me, hoor, in m'n rugzak.'

'Nee, nee, ik hou vol,' zei hij zonder om te kijken.

'Wát hou je vol?'

'Jongens bij de Apachen rennen meer dan zes kilometer door de woestijn zonder iets te drinken.'

'En als ze dat wel doen?'

'Dan zijn het geen echte indianen, logisch!'

Tinka stond stil en duwde een rietje in het kartonnetje. 'Juist, nou, ik neem appelsap. Nu is het nog koud.'

Haar appelsap was allang op toen Joris zich omdraaide. Aan zijn gezicht kon Tinka zien dat hij iets had bedacht. 'Wat is er?' vroeg ze.

'Was je een indianenjongen geweest, dan had je nu Kauwenmepper geheten.'

'Aha, fijn om te weten.'

Joris draaide zich na deze mededeling om en liep door. Tinka liep achter hem aan en staarde naar de hemel waar zwarte vogels in een eenzame wolk doken. Waren dat kauwen of kraaien? Of misschien zelfs wel raven? Alle zwarte vogels lijken op elkaar, dacht ze, maar er is er maar eentje die 'Karim' kan zeggen. Ze passeerden een weiland met koeien, die met z'n allen in de schaduw van een boom stonden. Joris bleef staan, pakte een pijl uit z'n pijlkoker en spande hem op de boog.

'Wat ga jij nou doen?' vroeg Tinka verbaasd.

Zwijgend bracht Joris de boog op schouderhoogte en mikte op de koeien aan de andere kant van het water.

'Doe niet!' Boos duwde Tinka de boog naar beneden. 'Je gaat

toch niet op koeien schieten, gek! Wacht jij die grijze beer maar af.'

Mokkend deed Joris de pijl terug in de koker. Veel langzamer liepen ze verder langs het stille water. Steeds weer gingen Tinka's gedachten naar Kauwtje en Karim. Ze kwam er maar niet los van, hoezeer ze ook haar best deed om aan andere dingen te denken, bijvoorbeeld haar halve finale. Telkens doemde in haar hoofd het beeld op van Kauwtje die op haar bronzen held zat, terwijl z'n baasje Karim hem met verf bekladde.

'Tink.'

'Huh?' schrok ze wakker uit haar overpeinzing. 'Wat is er?'

'Tante Heidi is er niet!'

In de verte zag ook Tinka alleen de drie pony's in het weiland staan. Dichterbij gekomen ontdekten ze een papiertje op het hek. Het was met punaises vastgemaakt en er stond in grote hanenpoten geschreven: Ben voor paardenmedicijnen naar de stad. Om half zes ben ik er weer. Groetjes, tante Heidi.

Joris ging aan het hek hangen.

'Jammer,' zei Tinka.

'Ik kan best alleen rijden.'

'Nee, dat kun je niet, kijk dan, ze zijn niet eens gezadeld!'

'Indianen rijden zonder zadel.'

'We mogen ze wel aaien. Kom…'

Tinka klom over het hek en liep naar de pony's, maar Joris bleef staan. Aan het prikkeldraad hingen plukken ponyhaar. Hij liep traag langs het draad en verzamelde er zo veel mogelijk van.

'Tink?'

'Ja, kom je nou nog?'

'Mag ik deze ponyharen op jouw hoofd leggen, dan kan ik je zogenaamd scalperen.'

'Geen haar op m'n hoofd die er aan denkt!'

Pruilend propte Joris de buit in z'n broekzak. 'Dan niet.' Ineens wees hij naar de lucht. 'Kijk eens, rooksignalen!'

Tinka draaide zich om. In de verte steeg inderdaad rook op van het land. Vermoedelijk werd er vuil verbrand.

'Drie wolkjes!' riep Joris enthousiast. 'Weet je wat dat betekent?'

'Nee.'

'Eén rookpluimpje betekent: opgelet! Twee: alles oké. En drie betekent: help! Kom, we gaan helpen!'

Bloed

Joris liep een tiental meters voor Tinka uit over het oorlogspad. Dan maar even naar het vuur kijken, dacht ze, zo heeft hij
toch nog een spannend uitje. Ze tuurde naar de hemel en pie-
kerde over haar ontdekking, want wás het wel een ontdekking?
Misschien was het gewoon toeval! Roze verf had je in overvloed
en was Karim wel zo'n bijzondere naam? Misschien woonden er
wel tien Karims in de stad! Ja, en...
Pang! Pang!
Dertig meter voor haar bleef Joris met een ruk staan. Hij draaide zich om en riep vol vreugde: 'Cowboys!' Al rennend haalde
hij een pijl uit z'n pijlenkoker en legde hem op de boog.
'Joris!' riep Tinka. 'Blijf staan! Wacht!'
Maar haar broertje luisterde niet en sprintte in de richting van de
schoten. Tinka rende achter hem aan. 'Verdorie, Joris, wacht!'
Hier maakte de rivier een bocht, hier stonden ook bomen aan
het water, berken en wilgen met dorre, bruine bladeren. Uit
haar ooghoeken zag ze op het land paaltjes staan waaraan zwarte sokken hingen. Wat verderop doemde een boerderij met een
grote, vervallen schuur op. Uit het schuurdak stak een schoor-
steen van rode baksteen die zwarte wolkjes uitbraakte.
Pang! Pang!
'Joris, blijf verdorie staan!' riep Tinka nu kwaad. 'Blijf...'
Plots bleef haar broertje inderdaad stokstijf staan. Z'n pijl en
boog vielen uit z'n handen. Hij draaide zich om met een lijk-
bleek gezicht.
'Joris, verdorie! Je...'
Verder kwam Tinka niet. Vlak voor de voeten van Joris lag een

stuiptrekkende zwarte vogel. Tinka voelde haar handen ijskoud worden. Ze begon te trillen. Die trilling kwam vanuit haar kuiten opzetten en nam haar hele lichaam over. Het lijfje van de vogel trilde eveneens. Tinka zag kleine gaatjes in z'n nek en borst waaruit bloed stroomde. De kraaienoogjes puilden uit van doodsangst en pijn. De snavel van het beestje was grotendeels weggeschoten. Met z'n roze tongetje likte hij machteloos aan z'n bebloede veren.

'Tink,' snikte Joris.

Snel legde ze haar handen op z'n schouders. 'Stil maar, ik…' Opeens stopte Tinka met praten, want uit de richting van een volgende bocht in de rivier kwam het geluid van voetstappen op droge bladeren. Een ogenblik klonken alleen de voetstappen en verder niets. Toen verscheen er vanachter de heggen een man met een geweer over z'n schouder. Zijn buik was nog groter dan de bult van een kameel.

'Ach, wat een mooi toeval,' grijnsde de Puntendief, 'en je hebt ook nog een indiaantje meegenomen!' Hij wierp een korte, zijdelingse blik op de zwaargewonde vogel. Daarna keek hij Tinka recht aan. 'Wil je weer een ambulance bellen?'

Tinka trilde niet meer. Haar handen lagen stevig op de schouders van Joris, die zijn achterhoofd hard tegen haar borst drukte.

'Nou? Wil je bellen?' Met de loop van zijn jachtgeweer duwde de Puntendief tegen de vogel. Er klonk een hoog kreetje.

'Doe niet!' snauwde Tinka.

De Puntendief gebaarde naar het land. 'Ik kan hem aan een paaltje spijkeren als vogelverschrikker, maar dat willen jullie zeker niet?'

Tinka's ogen volgden de reusachtige, wijzende hand. Nu zag ze het: er hingen daar in de verte geen zwarte sokken, maar dode kauwen en kraaien tussen de tuinbonen.

'Hallo! Zijn jullie wakker?'

'Nee,' zei Tinka ferm, 'dat willen we niet.' Eigenlijk moet ik nu, dacht ze, tussen hem en de vogel in gaan staan, maar ze durfde niet, want het voelde alsof ze een stap in een diep, zwart gat zou zetten. Ineens schoten haar de woorden van kauwen-expert Achilles Cools te binnen. 'Waa... waarom maakt u ze dood?' stotterde ze. 'Kraaien en kauwen eten ook voor de landbouw schadelijke insecten en ze zijn ook natuur, net als storm en hagel, ik... ik bedoel niet kogels, maar hagel uit de wolken!' De grijns boven het geweer werd nóg breder.

'Of vindt u het gewoon leuk om ze dood te schieten?'

'Goed,' besliste de Puntendief. 'Ik geef jullie je zin, deze kraai wordt geen vogelverschrikker.'

'O, fijn,' stamelde Tinka, 'maar...'

Bats!

Met z'n laars trapte Harko Zwetsloot de zachtjes jankende vogel in het rivierwater, waar hij meteen naar de diepte zonk. 'Zo!' De Puntendief draaide zich om en verdween met dreunende stappen om de bocht van de rivier.

Tinka voelde hoe Joris z'n hoofd tegen haar borst schokte. 'Huil maar niet,' troostte ze. 'Alles is goed, die rotzak is weg.'

'Ik... ik huil niet,' snikte hij. 'Indianen huilen niet.'

Pannenkoek met slice

Het gezin Bezemer zat aan de eettafel in de keuken. Tinka en Joris aten somber zwijgend van hun pannenkoek. Normaal gesproken bakte Tinka altijd de pannenkoeken, omdat ze het opgooien zo leuk vond. Het los schudden uit de pan en de opgooi deden haar aan tennis denken. De koekenpan was uiteraard het racket en de in de lucht fladderende koek de bal. Regelmatig serveerde ze een pannenkoek met slice of topspin, maar nu dus niet. Ze had er geen eentje willen bakken door haar nieuwe aanvaring met de Puntendief.

'Het is natuurlijk afschuwelijk wat die man deed,' zei Jan Bezemer zo kalm mogelijk, 'maar hij staat wel in z'n recht. Op z'n eigen land mag hij kraaien en kauwen afschieten. Die vogels zijn nu eenmaal niet beschermd.'

Verontwaardigd prikte Tinka met haar vork in de lucht. 'En ze dan óók nog eens vastspijkeren aan paaltjes! Dat… dat is toch wreed, pap!'

'Ja, dat is het, maar daar kunnen we dus niks aan doen.'

'Mijd die man alsjeblieft op de tennis,' zei Natasja Bezemer met bezorgde stem. 'Dat is het verstandigst, écht!'

Haar vader keek Tinka aan. 'Trouwens, jij en Fanny hebben vanochtend met jullie rackets ook twee dieren doodgeslagen, een vlieg en een sprinkhaan.'

'Dat zijn insecten, papa! Dat is toch heel iets anders dan vogels die zelfs kunnen praten!' riep Tinka boos.

'Ja, dat is waar, maar toch…'

Joris zag nog altijd heel bleek, wat de strepen lippenstift op z'n wangen nog roder maakte. 'Hij… hij trapte tegen die vogel… eh,' zocht hij naar woorden, '… alsof hij een stráfschop nam.'

Z'n moeder pakte gauw z'n hand vast. 'Het is heel nare man en wat ik al eerder zei, Tinka, ga hem uit de weg! Geen gekke dingen doen! Beloofd?'

Tinka knikte gehoorzaam, maar diep van binnen schudde ze hartgrondig nee.

Na het eten probeerde Tinka met Fanny te bellen, maar ze kon haar vriendin wéér niet te pakken krijgen, net nu ze zo graag haar verhaal kwijt wilde. Uit armoede stuurde ze een app'je, waar óók geen antwoord op kwam. Waar zat Fan? Had haar vader soms weer haar smartphone in beslag genomen? Zuchtend nam ze Kauwtje mee naar de tuin, waar ze hem kleine stukjes pannenkoek voerde. 'Jij bent hier veilig, hoor,' zei ze met een fluisterstem. 'Hoe is het met je vleugel? Al wat beter?'

De kauw keek haar strak aan met z'n kraalogen, die in het zonlicht wel van zilver leken.

'Begrijp je me? Wie is je baasje? Wie leerde jou praten?'

Ineens tjilpte Kauwtje als een zangvogel.

'Dat klinkt mooi zeg, maar wie is die Karim? Ken je hem?'

'Karim!' klonk het.

'Goed zo, Karim met z'n roze verf, toch?'

'Kauw!' riep het beest, waarna hij het laatste stuk pannenkoek verorberde.

'Ach,' bedelde Tinka, 'zeg nou eens een keer mijn naam! Tin-ka heet ik. Of nee, eigenlijk is het Ká-tin-ka. Twee keer ka, kun je dat? Ka-tin-ka! Ka-tin-ka! Ka-tin-ka!'

'Ka-ka!'

'Bijna goed! Nu nog tin ertussen. Ka-tin-ka.'

Maar de kauw hield het bij ka-ka.

'Mmm, zoiets moet je natuurlijk trainen, net zoals je een backhand traint.'

'Karim!' knerpte de vogel.

'Karim is een schurk! De politie zoekt hem!'

'Karim!'

'Ja, ja, dat weet ik nu wel. Hij is een vandaal! Zo staat het ook in de krant. Een gemene vandaal!' Tinka begon te peinzen. Stel, dacht ze, Kauwtje kan binnenkort weer vliegen, zou hij dan meteen terug naar z'n baasje gaan? En wat als ze hem zou volgen en dan... Jeetje, dat moest ze dus pijlsnel aan Gijsbert vragen! Stel, fantaseerde ze verder, ze zag Kauwtje naar een kerel met roze en rode verfvlekken op z'n trui vliegen! Verdorie, dan zou ze meteen de politie bellen dat Karim, de schooier die Richard zo schofterig had vernederd, gevonden was, door háár!

Achter Tinka klonken lichte voetstappen. Joris kwam het terras opgerend, met in z'n mond een stuk dropveter.

'Hé, Tink, mag ik jou aan m'n totempaal vastbinden?'

'Nu niet,' zei Tinka kortaf.

'Wanneer dan wel?'

'...'

'Tink!'

'Stil even, ik moet nadenken.'

'Waarover?'

'Over Kauwtje.'

Verwachtingsvol keek Joris naar de vogel. 'Heeft hij mijn naam al gezegd?'

'Nee, hij zegt alleen namen met een K erin.'

'Waardeloos beest,' mompelde Joris.

Peinzend keek Tinka naar de boomtoppen. Ineens viel haar iets in. Shit, dacht ze, misschien is er bij de vogelopvang wel naar een vermiste kauw geïnformeerd! Straks had die Karim al gebeld of ze daar soms...

'De krant zit vol vogelpoep,' zei Joris.

'...'

'Tink! De krant zit vol poep.'

'Ja, ja, ik hoor je wel. Kun jij een andere uit de schuur halen?'

Wat later scharrelde Kauwtje op een nieuwe vloer van zwarte letters rond. Tinka zag in een flits dat er buitenlands nieuws op de voorpagina stond, iets over de burgeroorlog in Syrië. Kauwtje ging op de schreeuwende koppen zitten en sloot z'n oogjes.

'Hij mag vannacht binnen, hè, Tink?'

'Natuurlijk, daar is hij veilig.'

'Alle deuren gaan op slot, hè?'

Tinka keek haar broertje ernstig aan. 'Je hoeft je geen zorgen te maken, die vent komt hier echt niet binnen. De Puntendief zit heel ver weg op z'n boerderij. Jij moet straks lekker gaan slapen.'

'Gelukkig niet in de wigwam.'

'Nee, fijn in je veilige kamer.'

Na het jeugdjournaal belde Tinka vanaf haar kamer naar het vogelasiel. Ze kreeg de voicemail en sprak een boodschap voor Gijsbert in. Of hij haar zo snel mogelijk terug wilde bellen. Daarna meldde Fanny zich eindelijk. Ze was de hele middag met haar ouders op pad geweest, zonder smartphone, omdat haar pa superchagrijnig werd van al dat whatsappen, sms'en en de piepende spelletjes op internet. Meteen na Fanny's klaagzang over haar vader vertelde Tinka over haar ontmoeting met de Puntendief.

'Wat een pech,' kreunde Fanny, 'dat tante Heidi er niet was. Anders waren jullie nooit op die engerd gestuit.'

'Zeg dat wel, maar weet je, er is nog iets anders gebeurd, iets vreemds.' Waarna Tinka vertelde over het mogelijke verband tussen Kauwtje, Karim en de roze verf.

'Hij zegt dus echt Karim?' vroeg Fanny.

'Honderd procent.'

'En hij had roze verf aan z'n poot?'

'Absoluut!'

'Tja, dat is inderdaad wel heel toevallig.'

'Vind ik ook, té toevallig.'

Er viel even een stilte, waarin Tinka nadacht over het verschijnsel dat toeval heet. Zat er ook aan toeval een grens? Vast wel! En dit was die grens voorbij, toch?

'Zeg, iets heel anders,' begon Fanny ineens vanuit het niets, 'jij krijgt het morgen lastig tegen Marjolein.'

'Huh?'

'Wát huh? Je speelt morgen tegen Marjolein, ze heeft gewonnen van Christa.'

'Wat! Echt?'

Aan de andere kant van de lijn klonk een ongelovige zucht. 'Het staat al uren op de website van Smashing, 1-6, 6-3, 7-5. Waarom heb je nog niet gekeken?'

'Nou, ik was het wel van plan, maar door het gedoe met de Puntendief en Kauwtje en Karim en... nou goed, je weet wel.'

'Je bent in de war,' zei Fanny op de toon van een bezorgde moeder. 'Heb je er wel aan gedacht je rode jurkje in de was te doen?'

'Uiteraard, is ook al in de droger geweest.'

'Nou, mooi, de voorzitter is trouwens scheidsrechter en ik kom je aanmoedigen. Oké?'

'Tuurlijk, fijn! M'n ouders komen ook, ja, jij ook, tot morgen.'

Tinka drukte de telefoon uit. 'Shit, de vreselijke Marjolein!' verzuchtte ze, 'dat wordt véchten!'

Trukendoos

Tinka's greep op het racket voelde te los, of nee, te vast, het lag gewoon niet goed in haar hand! 'Nu een ace,' prevelde ze, 'ik heb een ace nodig!' Maar haar eerste service raakte de netband en haar tweede was te voorzichtig. Met een zwiepende forehand ramde Marjolein de bal langs haar heen.

'4-1 voor Marjolein de Hengst in de eerste set!' riep scheidsrechter Smoor vanuit z'n hoge stoel. 'Marjolein serveert!'

Met gebogen hoofd stapte Tinka over de lijnen. Shit, dacht ze, we zijn nu al vijf games bezig en ik heb nog geen ace geslagen! Bovendien sloeg ze niet te volgen afzwaaiers. Lag het soms aan de bespanning van haar racket? Was de touch eraf? Het leek wel alsof ze met de koekenpan op de baan stond! Verdorie, ze had ook zo slecht geslapen, steeds weer was de met hagel doorzeefde kraai in haar dromen opgedoken.

Tinka stelde zich twee meter achter de baseline op. Heel even had ze oogcontact met haar ouders en Fanny, die naast elkaar op een van de bankjes zaten toe te kijken. Ze liet het racket in haar hand rollen. Zo lag het beter, dacht ze, of toch niet? Haar blik kruiste nu ook die van Marjolein. Steenharde ogen had die meid, als van marmer, en de glimlach om haar lippen was spottend.

Bliksemsnel overlegde Tinka met zichzelf. Marjolein was traag, dus moest ze meer dropshots slaan, maar dan moesten ze nu wél op de juiste plek landen! Ik moet nóg meer naar het net, hield ze zichzelf voor, ik moet haar onder druk blijven zetten. Maar was dat wel de juiste tactiek? Marjolein sloeg passeerslagen die bijna steeds 'winners' waren. Was dat nou geluk of pure klasse? En over geluk gesproken. Zat soms ineens het óngeluk haar op de hielen? Bracht Kauwtje haar soms ongeluk? Op internet had ze gelezen dat zwarte vogels lang werden gezien als duivelse dieren: pechvogels, ongeluksbrengers, heksenvliegers. Hun baasjes waren heksen en tovenaars... zoals Karim?! Ach, dat was toch onzin, geklets, ze moest zich nu concentreren op het tennis, op de bal! Daar kwam die!

Pats! Zoef!

De bal scheerde over het net en Tinka zette haar racket erachter. De bal suisde terug naar de afzender en met zes snelle stappen stond ze aan het net, waar een gele schicht recht op haar af kwam, waarna ze een flitsende stap opzij deed en volleerde met een forehand schuin over het net, onhaalbaar voor Marjolein. Hoppa! 0-15! Zó ging het lekker! Ineens had ze gek genoeg weer zelfvertrouwen. De volgende bal bracht zelfs de ommekeer. Na een rally retourneerde Tinka een bal vol topspin niet met slice, maar juist met extra topspin, wat een bal opleverde die met een stroperig boogje over de netband buitelde! Met uitgestrekt racket stampte Marjolein erop af. Haar timing was goed... maar toch miste ze de bal door het vreemde effect. 'Fok!' riep ze en het spottende glimlachje verdween.

Nu was Marjoleins tennisgeluk voorbij, want wat later vlogen er dropshots van Tinka's racket die morsdood achter het net neerploften en vanaf elke plek op de baan sloeg ze winnende slagen! Eindelijk begon ook haar service te lopen. Nu sloeg ze haar eerste opslag met effect in plaats van op de steenharde ace te mikken. Marjolein werd weggespeeld, maar toen Tinka op setpoint stond gebeurde er wat ze al die tijd gevreesd had. Haar tegenstandster trok de trukendoos open.

Het was Marjoleins servicebeurt en vlak voor dit 'big point' stuitte ze de bal maar liefst tien keer op de grond.

Pok, pok, pok, pok, pok, pok, pok, pok, pok, pok…

Tinka wist donders goed dat Marjolein zo haar ritme probeerde te breken. 'Nu rustig blijven,' mompelde ze zachtjes.

Marjolein gooide de bal omhoog… en ving hem weer in haar hand. 'Sorry, scheids,' zei ze, 'ik heb wat moeite met m'n service.'

'Geeft niks,' galmde Smoor. 'Het wordt nu erg spannend. Kan gebeuren.'

Marjolein begon opnieuw de bal te stuiteren en ineens serveerde ze onderhands met een pisboogje!

Tinka sprintte vanachter de baseline naar voren, maar was te laat.

'15-40,' klonk vanuit de hoogte.

Om Marjoleins mond kwam het spottende glimlachje weer tevoorschijn en bij haar volgende service stuitte ze de bal zelfs twaalf keer, waarna ze hem met een onverwacht luide kreet over het net sloeg.

Aaaaaeuwj!

Tinka's return was aan de veilige kant, want ze voelde de druk van het setpoint. Haar slag was krampachtiger dan anders. Marjolein ramde de bal terug naar Tinka's backhand.

Aaaaaeuwj!!

De ijselijke kreet leek Tinka te verlammen. Ze spinde de bal te hoog over het net en Marjolein smashte genadeloos raak.

Aaaaaaaaeuwj!!!

'30-40,' riep Smoor.

Ook bij Marjoleins volgende opslag stuiterde ze de bal abnormaal lang en telkens als ze de bal in de rally raakte, kreunde ze een beetje harder. Ogenschijnlijk koelbloedig sloeg Tinka de ballen terug, maar haar boosheid nam toe en daarmee de agressie in haar slagen. Na weer een kreun van Marjolein sloeg ze de bal zeker een meter over de zijlijn.

'Deuce, 40-40!'

Nu barstte de vulkaan in Tinka toch los. Zo rood als een kalkoen riep ze: 'Scheids, kunt u geen eind maken aan dat gekrijs!'

'Kom, kom,' bromde Pieter Smoor, 'jij mag ook best een gilletje geven, hoor.'

'Een gilletje? Ze krijst als een mager speenvarken!'

'Zeg, hou je eens in,' zei Smoor ontstemd. 'Dat is geen taal voor op de baan! Volgende keer krijg je een strafpunt! Begrepen?'

'Oké, scheids,' mompelde Tinka nauwelijks verstaanbaar.

Marjolein stond grijnzend toe te kijken. Ze hield haar racket vast alsof het een knuppel was en triomf glinsterde in haar ogen.

'Deuce dus!' riep Smoor. 'Marjolein serveert!'

Goed, dacht Tinka, nu moet ik gewoon twee punten achter elkaar winnen om de set te pakken. Ze haalde een paar keer diep adem om rustiger te worden. Verdorie, ze moest zich niet gek laten maken door die blèrende feeks! Ze moest een strakke return slaan, gewoon rammen, dwars over de baan. Ja, nog liever zou ze de bal in die krijsende mond mikken, maar dat was niet handig. Ze moest snel deze set winnen!

Marjolein stuiterde de bal twaalf keer, wierp hem in de lucht en raakte hem vol.

Pats! Aaaaaaaaaeuwj!!!

Tsjak!

Tinka's return bliksemde over de baan. Van Marjoleins lippen kwam slechts een zielig kreuntje.

'Voordeel Tinka Bezemer, setpoint,' klonk vanaf de stoel.

Allemachtig, wat had het gravel gestoven! Het leek wel of er een raket was ingeslagen! Dit was misschien wel haar hardste return ooit.

'Marjolein de Hengst serveert.'

Soepel verend van de ene op de andere voet, bijna huppelend, wachtte Tinka de service af. Wat het ook wordt, dacht ze, onderhands of een slag met haar linkerteen, zij, Tinka Bezemer, zou weer een return met lef slaan. Goed, daar kwam-ie! Marjolein begon aan haar eindeloze ritueel.

Pok, pok, pok, pok, pok, pok, pok, pok, pok, pok, pok, pok, pok, pok, pok, pok...

Tinka liet het racket in haar hand rollen, klaar voor de toverslag. Aan de andere kant van het net blééf Marjolein de bal stuiteren. Naast het gepok hoorde Tinka ineens ook een ander geluid, een zacht brommen in de lucht. Prompt stopte Marjolein haar gestuit, tuurde naar de hemel en gilde: 'Vlieg op! Vlieg door!' En ze zwaaide met haar racket alsof ze het vliegtuig uit de lucht wilde slaan.

'Kalm aan, Marjolein,' mopperde Smoor. 'Concentreer je, meisje!'

Wat later belandde Marjoleins service, begeleid door een vreselijke kreun, tussen de lijnen, maar het was een makkelijke prooi voor Tinka. Met slice backhand plaatste ze de bal terug en haar volgende slag was zo hard en diep, dat Marjolein zich moest redden met een lob. Tinka liet de bal stuiteren, taxeerde kalm Marjoleins positie en sloeg de bal precies tussen haar benen door. Bwaf!

Vanaf de stoel klonk de donderstem van Smoor. '4-6, eerste set voor Tinka Bezemer.'

In de tweede set smeet Marjolein met haar racket. Zelfs greep ze na een misser woedend het hek rond de baan beet om er stevig aan te schudden. Ook vroeg ze twee keer om een plaspauze en bij 0-5 deed ze of ze geblesseerd was. Tinka liet het allemaal gebeuren. Ze maakte haar punten en waagde zelfs af en toe een knipoogje naar Fanny en haar ouders. Het matchpoint verzilverde ze met nóg een soort toverslag: een passeerslag zo krom als een banaan, die om haar tegenstandster heen krulde en via de baseline snoeihard tegen de hekken knalde.

'Game, set én match voor Tinka Bezemer,' baste Smoor. '4-6, 0-6.'

Voor Tinka voelde het of z'n bromstem van hoog uit de hemel kwam. Haar armen gingen zegevierend de lucht in.

Tennisbalbombardement

'Niet normaal, hoe ze in de hekken hing,' giechelde Fanny. 'Het was net een aap in een kooi!'

'Ja, het was ook ongelofelijk dat ze me na afloop geen hand wilde geven! Smoor moest haar echt dwingen!'

'Deed hij goed,' vond Fanny.

Tinka sperde haar ogen wijd open. 'Ja, maar het was of m'n hand in een bankschroef zat! Ze kneep hem bijna fijn!'

'Shit!'

'En weet je wat ze me toe siste?'

'Nee, wat zei ze?'

'Ik wens jou géén succes, dát zei ze!'

'Wat een heks!'

Beide meiden zaten op het bankje bij de baan waar Tinka zich een weg naar de finale had geslagen. Weer schudde Fanny vol ongeloof haar hoofd. 'Hoe ze naar dat vliegtuig keek, rázend was ze!'

'Ze sloeg ernaar alsof het een mug was.'

'Een mug van de KLM!' proestte Fanny.

Ook Tinka schoot in de lach. 'M'n ouders wisten niet wat ze meemaakten, joh. M'n vader kon zich nog maar nét inhouden!'

'Goed dat háár ouders er niet waren!'

'Zeg dat wel, dat was een ramp geworden, maar kom, laten we naar baan twee gaan, daar staat Martina tegen Elsje Prins.'

Maar de andere halve finale was inmiddels ook al afgelopen. Zoals verwacht had Martina het duel eenvoudig in twee sets gewonnen: 6-2, 6-1.

'Toch nog drie games voor Elsje,' zei Fanny. 'Valt nog mee, toch?'

Tinka gaf geen antwoord. Even verderop zag ze Martina lopen, druk in gesprek met twee vriendinnen.

Fanny stootte Tinka aan. 'Daar gaat ze!'

'Ja, ja, ik heb haar al gezien.'

Martina Punt droeg een wit tennisjurkje en had benen waar geen eind aan kwam. Haar hele blonde voorkomen had iets engelachtigs. Veel leden van Smashing vonden dat ze op Maria Sharapova leek. Ze had dezelfde fanatieke ogen als de Russin en ook zo'n kin die als een vuist vooruit steekt. Martina kreeg Tinka in de gaten. Ze trok een gezicht alsof ze iets bitters proefde en liep door.

'Kom,' zei Fanny, 'laat dat ijskonijn maar in haar sop gaar koken, wij gaan wat drinken op het terras, kom!'

Onder een parasol dronken ze wat later van hun ijsthee. Tinka vertelde net over Marjoleins onderhandse service, het pisboogje dat haar pisnijdig maakte, toen ze achter zich een bekende stem hoorde.

'Ja, het is een schande, onze eigen Willem III! Het moet wel een Marokkaan zijn, kan niet anders, vast eentje uit een van de Schotelflats.' Ineens klonk de stem veel gedempter. 'Karim, dat is toch geen naam voor een blanke!'

Tinka en Fanny draaiden zich tegelijk om. Daar kwam de Puntendief aangelopen, mobieltje aan het oor, racket onder de bovenarm. Hij liet zich drie tafeltjes verderop in een stoel ploffen en legde z'n mobiel op tafel. Na een langdurige geeuw kreeg hij de meiden in de gaten. 'Aha, de kraaienbrigade!' spotte hij.

'Niks zeggen!' fluisterde Fanny, terwijl ze haar hand kalmerend op Tinka's arm legde.

'Weet ik,' antwoordde Tinka bijna onhoorbaar.

'Laat hem barsten!'

'Tuurlijk, ik ben wel wijzer.'

Toen vormde de Puntendief met z'n hand een pistool, terwijl hij Tinka en Fanny uitdagend aankeek. 'Pang! Pang!' smiespelde hij en vervolgens blies hij de zogenaamde rook weg boven z'n wijsvinger.

Tinka's gezicht werd vuurrood en haar ogen fonkelden als brons. Ineens stond ze op van haar stoel. 'Kom, ik wil hier weg!'

'Ja,' zei Fanny, 'gráág.' In één teug dronk ze haar glas leeg en samen liepen de meiden terug naar de tennisbanen. Pas bij het cementen tennismuurtje, vlakbij de fitnessruimte achter baan zes, stonden ze stil.

'De zák!' schold Tinka. 'De eikel!' Woest schopte ze een steentje over het gravel.

'Konden we maar wat tegen die man beginnen,' steunde Fanny. Tinka slaakte een bloeddorstige zucht. 'Ik zou hem wel...' Met een machteloos gebaar hief ze haar racket.

'Waar hád hij het trouwens over? Het ging over Karim en 'onze' Willem. Ik...'

'Jeetje, Fan!' onderbrak Tinka haar. 'Kijk daar eens!' Ze wees op de openstaande deuren van de fitnessruimte.

'Hoezo?'

'Kijk dan, verdorie!'

Tinka bleef wijzen en Fanny keek door de deuropening, maar ze zag niks bijzonders. De fitnessruimte was een soort klaslokaal met hometrainers en toestellen met gewichten en monitors om je hartslag en ademhaling te meten. Het was er rustig, sterker nog, er was niemand te bekennen.

'Wat bedoel je dan?'

'Hier, dit bedoel ik!' Tinka liep de fitnessruimte binnen en stevende op een machine op rubberwielen met een tijdklok af. Aan het apparaat hing een trechter met zeker honderd tennisballen, klaar om te worden weggeschoten. De loop was zo afgesteld, dat hij maar naar één kant kon vuren.

'Een ballenkanon, Fan,' fluisterde Tinka hoogst opgewonden. 'Een kanón!'

'Ja, wat is daarmee?'

Tinka wenkte Fanny en ook zij liep de ruimte binnen. Samen stonden ze bij het ballenkanon. Er zat een knopje op dat rood oplichtte.

'De accu is vol,' fluisterde Tinka samenzweerderig.

'Ja, en?'

'Lees dit eens!'

Fanny las wat er op de sticker op het kanon stond. De tekst luidde: "Deze machine is krachtig genoeg om zelfs topspelers uit te dagen. U kunt het baltraject instellen van groundstroke tot lob met een voedingstijd van de bal tussen de 1.5 en 12 seconden. Inhoud: 150 ballen."

'Er kunnen nog wel wat ballen bij,' grijnsde Tinka.

'Wat wil je gaan doen?'

'Zoete wraak voor de kauwen.' Met beide handen stopte Tinka nog wat tennisballen in de trechter. 'Help eens, die oranjegele ballen zijn extra hard.'

'Shit, Tink! Weet je wel zeker…'

'Ssstttt, zachtjes.' Tinka legde haar vinger op haar lippen. 'Er zit een afstandsbediening bij! Kijk, we kunnen onzichtbaar blijven!'

'Kun jij hem dan afstellen of hoe heet het?'

'Programmeren! Tuurlijk, heb ik zo vaak op de training gedaan.' Tinka boog zich met een kennersblik over het paneel met knoppen. 'Ik zet hem op vlakke service met maximale snelheid: honderd kilometer per uur.'

'Jeetje, wat... wat hard!'

'Ach,' grinnikte Tinka, 'Rafael Nadal slaat dubbel zo hard. Goed, voedingstijd van de bal: anderhalve seconde, ja, ja, zo snel en zo hard mogelijk!'

'Als een soort mitrailleur!' bloosde Fanny van de spanning.

'Precies! Let op, daar ga ik!'

Tinka duwde het ballenkanon over het tegelpad langs de banen. Ze passeerde de hekken en vangnetten en parkeerde de machine op een vlak stuk gras waar madeliefjes bloeiden. Nog geen dertig meter verder lag het terras open en bloot in de zon. Er zaten zeker tien mensen, waaronder de Puntendief. Hij had een flesje bier voor zich op tafel staan en was weer druk aan het bellen. Nou, mannetje, dacht Tinka, die fles krijg jij echt niet leeg! Ze richtte de loop en wandelde toen met bonkend hart terug naar de fitnessruimte. Op baan vijf en drie waren bejaarde echtparen aan het dubbelen, maar zij richtten zich volledig op hun spel en hadden niets van Tinka's actie gezien.

'Staat hij wel goed?' vroeg Fanny bezorgd.

'Tuurlijk!' Tinka nam snel de afstandsbediening en loerde naar het terras in de verte. Niets was in de situatie gewijzigd. De zon brandde nog altijd hoog aan de hemel. Niemand zag het kanon tussen de madeliefjes staan.

'Nu!' fluisterde Tinka en ze drukte op de aanknop.

Zzzzzzzzzzuuuummmm!

Traag sloeg de machine aan, zoemend als een gigantische bij. Het kanon laadde zich gulzig met tennisballen uit de trechter, tikkend als een tijdbom. Even was het heel erg stil en toen knalden de ballen achter elkaar uit de loop.

Plop!

Pats!

'Aaaauwww!'

Plop!

Pats!

'Aaaaaauwww!'

De eerste tennisbal raakte de Puntendief vol in het gezicht en de onmiddellijk erachteraan vliegende bal kwam op z'n oor terecht. De derde bal deukte z'n dikke buik, nummer vier schampte z'n rug en nummer vijf deed de bierfles uiteen spatten. Op handen en voeten probeerde de Puntendief weg te vluchten, maar het blééf ballen regenen. De ene na de andere tennisbal zoefde door de lucht en zeker drie oranjegele exemplaren ploften tegen z'n zachte achterste.

'Zet dat ding af!' hoorden Tinka en Fanny mensen op het terras schreeuwen. 'In godsnaam, zet die machine stil!'

Maar het kanon bleef maar schieten en de ballen rolden over de terrastegels, botsten tegen elkaar aan en elke nieuwe stuiterde er vrolijk tussendoor. Toen vrijwel het hele terras bezaaid lag met ballen stopte dan eindelijk het bombardement.

Zwarte kladderaar

'En?' vroeg Jan Bezemer, terwijl hij z'n muf ruikende schrijf-kamer uitstapte. 'Ben je al een beetje bijgekomen van de wed-strijd?'

'Ja, hoor, pap, en jij?'

Haar vader haalde langzaam een hand door z'n grijze krulhaar. 'Ik had je tegenstandster graag een mep verkocht, zo eerlijk moet ik zijn.'

'Ja, logisch, ze was verschrikkelijk.'

Jan Bezemer verzonk een moment in gedachten. 'Je bleef be-wonderenswaardig kalm,' zei hij toen. 'Dat heb je van je moe-der.'

'O ja?'

'Zeker, daarom is ze zo succesvol bij de bank.'

'Aha.'

'Maar je bijgeloof heb je van mij. Sleepte je rode jurkje je er-doorheen?'

'Ook,' zei Tinka opgewekt.

'Zaterdag is de finale toch?'

'Om twee uur 's middags, ik speel op centrecourt tegen Martina Punt en er komen volgens de voorzitter zeker tweehonderd mensen.'

'Ah, mooi.'

'Ja, cool.'

Ineens verscheen op haar vaders gezicht een uitdrukking die ze nog nooit bij hem had gezien. Iets tussen strengheid en bezorgd-heid in.

'Is er iets, pap?'

Hij gaf een ernstig knikje. 'Op de lokale radio hoorde ik toevallig over een op hol geslagen tenniskanon bij Smashing. Weet jij daar meer van?'

'Nee, hoezo?' vroeg Tinka met haar onschuldigste stem.

'Nou, een man van middelbare leeftijd zat onder de blauwe plekken en had een bloedneus, nadat hij was beschoten met zo'n honderd ballen.'

'Aha.'

'Buurman Willemse had het ook gehoord.' Jan Bezemer liet z'n zware stem dalen. 'Volgens Willemse ging het om een zekere Zwetsloot, een boer uit de omgeving.'

In een flits zag Tinka weer glashelder voor zich hoe de Puntendief verdween in de oranjegele lawine. Haar mondhoeken gingen omhoog.

'Je lacht.'

'Ja, pap, omdat ik helemaal voor me zie hoe die man wordt aangevallen door een kudde tennisballen!'

Haar vader schoot in de lach. 'Een kudde tennisballen,' herhaalde hij toen zachtjes, 'hoe komt ze erop?'

Tinka lachte haar liefste lachje. 'Ik heb talent voor tennis én taal, pap.'

'Mmm.'

'Vanochtend vroeg gaf ik Kauwtje een spin voor z'n ontbijt, een heel lekkere, een tópspinnetje!'

Haar vader grinnikte, maar was niet van het onderwerp afgeleid. 'Nou goed, gelukkig heb jij niks te maken met dat op hol geslagen kanon, want vooral mama is nogal bezorgd over die hele kwestie.'

'Niet nodig, hoor.'

'Mmm, oké, er is trouwens nóg meer nieuws.'

'O?'

'Karim heeft weer toegeslagen!'

'Wát! Waar?'

'Hier, kijk maar op m'n telefoon.'

Op het beeldschermpje zag Tinka het ruiterstandbeeld, dat midden op het marktplein in de stad stond. Koning Willem III zat in een harnas op z'n paard met een goudkleurige kroon op z'n hoofd. De neus van de vorst was vuurrood geverfd. Onder deze rode gok hing een zwarte druipsnor en rond de kroon kronkelde een zwarte slang. Op Willem z'n borst was met knalroze letters *nou eens eindelijk*! geschreven. De kont van het paard was versierd met een sigaarrokende kabouter en de naam van Willem, uitgebeiteld in de betonnen sokkel, was met zwarte verf weggestreken en vervangen door Karim.

'Shit hé!' verzuchtte een ademloze Tinka. Dus dáár had de Puntendief over gesproken in z'n telefoongesprek!

'Er zijn al honderden reacties. Heel veel mensen zijn boos, maar ook nieuwsgierig.'

'Waarnaar?'

'Nou, het lijkt erop dat de dader een boodschap heeft. Op de borst van Richard Krajicek stond 'help' en nu dus 'nou eens eindelijk'.

Tinka mompelde voor zich uit. 'Help nou eens eindelijk… je papa bij de afwas.'

Haar vader grinnikte. 'Ja, dat is een goeie, maar ik denk niet dat de Zwarte Kladderaar weet van jouw hekel aan afwassen.'

'Zwarte Kladderaar?'

'Ja, zo wordt hij in de media genoemd. Hij schijnt zwarte kleren te dragen.'

'Is hij dan gezien?' vroeg Tinka met grote ogen.

'Zeker, een postbode was op z'n ochtendronde ooggetuige, toen Karim met de koning in de weer was. Z'n kleding was zo zwart als die van Kauwtje.'

Vanwege deze twee namen, in één adem genoemd door haar vader, ging er een ijskoude rilling over Tinka's rug.

'Wat is er?' vroeg hij.

'Niks, er is niks.'

'Nou, kom eens hier, lieve schat.'

Smak!

'Zo! Nogmaals gefeliciteerd met het halen van de finale.'

Scalperen

Tinka zette Kauwtje voorzichtig in het met water gevulde bak-
blik. 'Zo, even lekker badderen, beestje.'
'Kauw, kauw!'
'Ja, heerlijk is dat, hè?'
De vogel hield z'n kopje schuin, deed z'n ogen dicht en z'n bekje
open. Zo nam hij niet alleen een voetenbad, maar ook een zon-
nebad. Tinka staarde naar de zonnende vogel. Ineens deed het
dier één oog open en keek haar indringend aan, met een soort
helderziende blik. Net zo snel ging dat oog weer dicht.
'Gaf je me een knipoogje? Zag ik dat nou goed?'
'Karim!'
'Ja, je baasje is weer lekker bezig, maar niet heus. De hele
stad heeft een hekel aan hem, weet je dat? Ze noemen hem de
Zwarte Kladderaar.'
De vogel gaf geen draad.
'Welk volgende standbeeld wordt besmeurd? Dat vragen de
mensen zich af. De politie houdt nu alle beelden goed in de ga-
ten. Hij wordt hopelijk snel gepakt!'
Nu deed Kauwtje beide oogjes open. 'Karim!'
'Precies, de schurk Karim. Weet je, ik heb Gijsbert van het vo-
gelasiel net gesproken. Hij komt straks hierheen om jouw ver-
band te verschonen en dan zal ik hem eens vragen wat jij straks,
als je beter bent, gaat…
Trrrrrrrr!
Daar ging haar mobiel over. Op het schermpje zag ze Fanny's
naam verschijnen. 'Hoi Fan, hoe is het?'
Aan de andere kant van de lijn struikelde iemand over haar

woorden. 'Tink! Het is je gelukt, je hebt hem weggejaagd. Hij is weg... de verpester...'

'Wie is weg?'

'De Puntendief! Ik hoorde het van Elsje. Hij is zo woest over het tennisbalbombardement en alle lacherige reacties, dat hij per direct z'n lidmaatschap heeft opgezegd!'

'Gossie, wat een opluchting, ik was toch, nou ja, bezorgd.'

'Ik ook! Maar goed, weg is weg, foetsie is foetsie, maar ik moet nu ophangen, want ik mag niet teveel bellen. Doei, doei!'

Tinka legde de telefoon op de tuintafel.

Trrrrrrrr!

Ze pakte de telefoon... en zag dat er niet gebeld werd.

Trrrrrrrrrrrr!

Hè, hoe kon dat nou?

Trrrrrrrrrrrrrrrrr!

Ze draaide zich om naar Kauwtje en zag waar het geluid vandaan kwam: uit z'n snavel. 'Hé, jij stiekemerd! Dit kun je dus wél ineens nadoen, hè, nou, vooruit, zeg dan ook eens Tinka! Vooruit: Tin-ka!'

Maar Kauwtje hield het weer bij z'n eigen naam.

Vlak na deze mislukte spraakles belde Gijsbert bij huize Bezemer aan. Hij schudde Tinka's vader de hand, waarna de schrijver weer in z'n kamer verdween om te werken aan wat hij een 'beslissende zoenscène' noemde. Samen met Tinka liep Gijsbert vervolgens de tuin in, waar hij meteen op Kauwtje afstapte om het verband te verwijderen. 'Rustig maar,' bromde hij. 'Ziezo, beestje, nu kun je je vleugel strekken, nee maar, wat zie ik, je zere vleugel doet het ook al weer best aardig.' Verrast keek hij Tinka aan. 'Kijk eens, hoe ver hij die vleugel uitklapt!'

'Cool, wat goed! Kan hij misschien alweer vliegen?'

Gijsberts blauwe ogen glansden. 'Nou, het scheelt niet veel, morgen kan hij het luchtruim kiezen, denk ik.'

'Kauw! Karim! Trrrrr! Kraak!'

'Ja, ja, we horen je wel, ventje.'

'Weet u, hij kan ineens m'n telefoon nadoen.'

'Die beesten zijn zo knap, Tinka.'

'Maar z'n baasje heeft dus niet bij u naar hem geïnformeerd?'

Gijsbert schudde z'n hoofd, waarbij z'n baard meedeinde. 'Nee, maar dat vind ik helemaal niet zo raar, hoor.'

'O, hoezo niet?

'Je moet niet vergeten dat Kauwtje al bijna volwassen is, geslachtsrijp, wat betekent dat hij niet meer echt tam is, hij verwildert. De natuur roept hem als het ware, hij gaat een vrouwtje zoeken en trekt dan de wijde wereld in. Z'n baasje weet dat ook wel, die laat hem gewoon gaan. Zo hoort het ook. Als huisdier is hij niet meer geschikt.'

'Ach, zit het zo.'

'Je zult hem wel gaan missen, toch?'

'Ja, tuurlijk, weet u dat Kauwtje z'n stukjes brood in water doopt?'

'Ach, ze zijn zo slim en handig. Ik heb een keer met eigen ogen gezien hoe kauwen walnoten door auto's lieten kraken.'

'Huh?'

'Echt waar, Tinka! Van grote hoogte lieten ze die walnoten op het asfalt vallen in de buurt van stoplichten. Auto's reden de keiharde noten stuk en als het licht op rood sprong konden ze de vruchten van de noten veilig oppikken.'

'Shit, hé!'

'Kauwen kunnen dus vooruitdenken, net als wij.'

Verbluft staarde Tinka naar de denkende vogel, die z'n oogjes opendeed en gaapte.

'Ah, hij is uitgezond,' zei Gijsbert. 'Wil je hem op je arm?'

'Eh... wat?'

'Natuurlijk wil je dat! Strek je arm maar uit.'

Voor ze het wist voelde Tinka de warme vogelpoten op haar blote vel. Aan een van die poten, dacht ze in een flits, heeft roze verf gezeten.

'Ach, het zijn zulke mooie dieren,' bromde Gijsbert. 'Ze zijn zo verdraagzaam, zij halen geen nesten leeg, hoor, zij niet!'

'Eh... Gijsbert?'

'Ja, wat is er?'

'Stel, hij kan morgen weer vliegen, vliegt hij dan naar z'n baasje?'

'Die kans is heel erg groot, maar wat ik al zei: hij is bijna volwassen. Daarna zal Kauwtje snel voor de vrije natuur kiezen.'

'Ja, oké,' zei Tinka met onvaste stem, want Kauwtje was ondertussen aan de wandel gegaan. Hij trippelde van Tinka's pols naar haar onderarm en vandaar naar haar spierbal om ten slotte op haar schouder te eindigen. Dit werd toch een beetje griezelig. Hij zou nu zo met z'n snavel in haar wang kunnen prikken! Ineens begon de vogel vlakbij haar oor te krassen. Geschrokken trok Tinka haar hoofd terug. 'Shit!'

'Gaat het wel? Zal ik hem weer van je overnemen?'

'Eh... ja, graag,' hakkelde ze.

In een handomdraai had Gijsbert de kauw weer in een mummie veranderd. 'Hij geneest dus erg goed,' bromde hij tevreden. 'Zal ik morgen nog eens komen kijken?'

'Ja, graag,' zei Tinka heel zachtjes, nog een beetje beschaamd om haar angst.

'Het verbaast me wel, hoor, die snelle genezing. Hij is echt een bijzonder beestje.'

'Hé, meneer!' schalde ineens door de tuin.

Tinka en Gijsbert draaiden zich tegelijk om. Joris rende in zijn indianenpak recht op de laatste af. 'Meneer,' bracht hij hijgend uit, 'meneer, uw baard!'

'Ja, jongen, wat is daar mee?'

Joris graaide in z'n zak en haalde de plukken ponyhaar tevoorschijn. 'Mag ik die even in uw baard hangen? Dan kan ik u scalperen.'

Vliegshow

De zon was een tennisbal in een knalblauwe hemel, zo blauw, dat Jan Bezemer z'n kinderen waarschuwde er vooral niet aan te komen; volgens hem was de boel daar boven net geverfd en zou het afgeven aan je vingers. Die ochtend, onder al dat blauw met geel, maakte Tinka een ontbijtje klaar voor Kauwtje. Het was een restje aardappelpuree, waar ze fijngemalen wortel en een rauw ei doorheen deed. Als toetje had ze vier stukjes appel. 'Is het lekker?' vroeg ze. 'Ook al is het vegetarisch?'

'Kauw! Kauw!'

'Goed zo. Ja, dit kon wel eens je afscheidsmaaltje zijn, weet je dat?'

'Kraak! Kraak!'

Tinka gaf de vogel een aai over z'n kopje en liep toen naar de schuur, waar ze een balletje tegen het beton begon te slaan. Helaas ging het niet zo goed als anders, want haar gedachten dwaalden steeds af waardoor ze de bal niet lekker raakte. Er was ook zóveel om over na te denken! Moest ze straks echt Kauwtje gaan volgen om z'n baasje te ontmaskeren? En was dat baasje wel de Zwarte Kladderaar? Gisteravond had ze er met Fanny over gebeld en die zag zo'n achtervolging helemaal zitten. Zelf stond Tinka ook te popelen, want het was allemaal zo simpel! Kauwtje vloog als licht gehandicapte vogel niet al te snel, dus was hij op de fiets makkelijk bij te houden, toch? De kauw zou hoogstwaarschijnlijk rechtstreeks naar Karim gaan, op z'n schouder landen of naar z'n huis of tuin vliegen, en dan was het kinderspel: goed kijken wat hij in z'n schild voerde en als bleek dat hij echt de Zwarte Kladderaar was de politie bellen en hoppekee: Richard Krajicek was gewroken! Maar...

Trrrrrrr!

Trrrrrrrrrr!

Kwam dat geluid nou uit de kartonnen doos of uit de mobiel op de tuintafel? Tinka rende naar de tuintafel en had goed gegokt. Het was Gijsbert. 'Dag Tinka,' zei hij. 'Ik heb vanmiddag zo tegen half twee wel even tijd voor Kauwtje. Is dat goed?'

'Ja, ja, natuurlijk, vet!'

'Mooi, dan zie ik je straks. O ja, is je bloeddorstige broertje er ook?' Gijsbert schoot in de lach en ook Tinka grinnikte.

'Ja, ja,' zei ze, 'Joris is er ook, maar hij begrijpt heus wel dat hij iemand maar één keer kan scalperen.'

'Mooi, dan is mijn baard dus veilig.'

'Zeker weten, enne... ik wil nog wat mensen bellen die Kauwtje graag willen zien vliegen. Is dat oké?'

'Prima, hoe meer zielen, hoe meer vreugd.'

'Eh... Gijsbert.'

'Ja?'

'Nou, nóg iets, ik wil graag weten wie Kauwtje z'n baasje is, dan kan ik hem of haar vertellen wat er allemaal is gebeurd.'

'Ja, dat begrijp ik.'

'Zou ik Kauwtje kunnen volgen, op de fiets bijvoorbeeld?'

Aan de andere kant van de lijn bleef het even stil.

'Nou, dat denk ik wel, hoor, áls hij vliegt zal het nog niet al te snel gaan.'

Precies dát wilde Tinka horen. 'Oké,' zei ze, 'top, dan zie ik u straks wel.' Ze hing op en stuurde meteen sms'jes naar

Fanny en Maria. De boodschap was: wees erbij! Kauwtje vliegt vanmiddag weg om half twee!

Die middag stonden ze met z'n allen in de tuin: het voltallige gezin Bezemer, Fanny en Maria, en natuurlijk Gijsbert met de kauw. Tinka was nooit eerder zo nerveus geweest. Haar buik voelde raar en haar hart bonkte in haar oren. De vogelverzorger daarentegen was bijzonder ontspannen en maakte grapje na grapje, maar toen was toch het moment daar! Voor het halsreikend publiek verwijderde Gijsbert Kauwtjes verband, terwijl hij het dier stevig bij de poten vasthield.
'Nu gaan we het beleven!' fluisterde Maria.
'Wat spannend!' smiespelde Fanny.
'Hij doet niks,' mopperde Joris. 'Hij is kapot.'
Plots sloeg de vogel echter krachtig z'n vleugels uit, beide vleugels.
'Hij kan volgens mij weer vliegen, geachte aanwezigen,' zei Gijsbert glunderend. 'Zullen we?'
'Volgens mij wil hij hier helemaal niet meer weg,' grapte Jan Bezemer. 'Hij is zo verwend door Tinka.'
'Nee, nee,' zei Gijsbert, 'Kauwtje volgt z'n instinct, hij vliegt hoogstwaarschijnlijk naar z'n opvoeder, naar z'n baasje.'
'En wij fietsen hem na om dat baasje te ontmoeten!' joelde Fanny, terwijl ze Tinka een samenzweerderig knipoogje gaf.
Inderdaad stonden hun fietsen gereed voor de achtervolging. Op Tinka's bagagedrager zat zelfs een verrekijker onder de snelbinders, een tip van haar vader. Die kijker zou misschien nog van pas kunnen komen.
'Kauwtjes hart klopt heel heftig,' zei Gijsbert zachtjes, terwijl hij het vogelkopje streelde. 'Hij is net zo zenuwachtig als wij.'

'Hij… hij heeft wel een bult bij z'n zere vleugel,' merkte Tinka stotterend op. 'Is dat wel oké, Gijsbert?'

'Die bult blijft, maar belemmert hem niet in z'n vliegen.'

'O, gelukkig maar!'

'Zeg jij maar wanneer ik hem los moet laten.'

'Hoe… hoe,' stotterde ze weer, 'hoe gaat u het doen?'

'Simpel, ik gooi hem zo de lucht in en als het goed is vliegt hij weg.'

'En anders?'

'Stort hij neer, maar volgens mij is er klaar voor, hoor.'

'Zal ik tot drie tellen?'

Gijsbert knikte en ook alle anderen vonden dat een goed idee. En dus telde Tinka: 'Eén… twee… drie!'

Bij drie gooide Gijsbert de kauw met een machtige zwaai de lucht in.

'Hij doet het!' brulde Joris enthousiast. 'Kijk maar!'

Kauwtje koos met ferme vleugelslagen het luchtruim. Hij scheerde langs de struiken, liet zich toen even drijven op de wind om daarna nóg hoger te gaan, naar de toppen van de bomen, met uitgespreide vleugels.

'Zien jullie wel,' vroeg Gijsbert, 'dat z'n linkervleugel een behoorlijk stukje lager hangt?'

'Ja,' zei Fanny, 'daar mist hij die drie veren.'

'Zo kun je hem altijd herkennen,' zei Jan Bezemer, 'handig voor jullie achtervolging, meiden!'

'Nou, voorlopig gaat hij dus niet weg,' mompelde Fanny.

Tinka en Fanny hadden hun handen op het stuur, klaar voor vertrek, maar Kauwtje leek geen haast te maken om weg te vliegen. Vlak boven hun hoofden voerde hij een soort luchtshow op. Hij maakte een glijvlucht die hij met een plotse zwenking afbrak, waarna hij weer pijlsnel tussen de boomtoppen door vloog. Van de boomtoppen ging het weer hoog de lucht in. Daar vouwde hij zich op tot een bal en suisde weer naar beneden.

'Het is een echte showvogel,' zei Jan Bezemer.

'Nee, een geluksvogel,' meende Maria. 'Hij is zo blij dat hij weer kan vliegen. Geweldig!'

'Een luchtpiraat!' joelde Joris.

'Hoor!' zei Gijsbert. 'Hij zingt!'

Tinka moest slikken, want de vogel zong prachtig. Maria heeft gelijk, dacht ze ontroerd, hij is gelukkig! Maar ineens vloog Kauwtje naar nóg grotere hoogte en zette koers in de richting van de stad.

'Daar gaat-ie!' riep Tinka uit. 'Kom, Fan, gó! Er achteraan, snel!'

Thuis

De jonge kauw liet zich makkelijk volgen. Nooit vloog hij hoger dan tien meter en al snel was duidelijk dat hij naar de tennisbanen van Smashing klapwiekte. Tot stomme verbazing van de vriendinnen ging Kauwtje daar op het nog altijd besmeurde hoofd van Richard Krajicek zitten, kennelijk om even uit te rusten.

'Als hij maar niet gaat kakken,' grinnikte Fanny, 'dat zou té erg zijn.'

'Joh, hij volgt écht het spoor terug,' meende Tinka. 'Hier zat hij voor ik hem met de tennisbal raakte, hier kreeg hij de roze verf aan z'n pootje.'

'Zou goed kunnen, Tink.'

'Daar gaat-ie weer. Kom!'

Ze volgden de vogel langs maïsvelden, bomen, weilanden, koeien, schapen en sloten. Al snel bereikten ze de stadsrand. Kauwtje vloog langs kantoren en fabrieken met schoorsteenpijpen die vast vol kauwennesten zaten.

'Joh, hij gaat in de richting van het centrum!' riep Fanny verbaasd uit.

'Nee, nee, kijk dan, hij gaat naar links.'

'Shit, wat gaat-ie opeens hoog!'

Kauwtje ging steeds hoger en vloog mee met tientallen andere zwarte vogels. Toch wisten de meiden hem er uit te pikken door z'n raar hangende linkervleugel. Aan die vleugel ontbraken bovendien duidelijk de drie veren.

'Daar, daar gaat hij!' wees Tinka. 'Hij is weg uit de groep. Nu vliegt hij de brug over, snel!'

'O jee,' schrok Fanny, 'hij gaat naar de Schotelwijk.'

'Maakt niet uit!'

'Als mijn ouders dit wisten!' verzuchtte Fanny.

De meiden fietsten op hoge snelheid de brug over en kwamen meteen in een andere wereld terecht. Ze passeerden shoarma- en kebabzaken, Turkse groentewinkels en donkere etalages van winkels met drank en tijdschriften. Daarna volgden seks-shops en armoedige plantsoentjes met bankjes waarop groepjes Marokkaanse jongens zaten. Kauwtje voerde hen naar naamloze straten waar de ramen van winkels en huizen met planken waren dichtgespijkerd. De graffiti op deze planken was lelijk en angstaanjagend: doodskoppen, naakte vrouwen met dolken in hun lijf en duivels die vuur spuwden.

'Wil... wil je echt verder?' aarzelde Fanny.

'Dóórfietsen!' riep Tinka. 'Daar vliegt-ie! Kom op!'

Nóg dieper bracht Kauwtje hen in de Schotelwijk. Opeens doemden de asgrauwe flats met de satellietschotels op. Het waren hoge, donkere gebouwen en Tinka moest aan de woorden van de Puntendief denken: 'Het zal wel een Marokkaan uit een van de Schotelflats zijn.' Het zag ernaar uit dat die rotzak gelijk kreeg.

'Wat gaat hij nou doen?' riep Fanny paniekerig uit, want Kauwtje zette plots de daling in en scheerde langs lantarenpalen en elektriciteitsdraden. Daarna steeg hij krassend omhoog naar een muur van een honderd jaar oud fabrieksgebouw, waar hij een onhandige landing maakte. Vanaf deze muur fladderde hij vervolgens langs juwelierszaakjes naar een kapperszaak met een niet uit te spreken Arabische naam. Tinka en Fanny kregen steeds meer moeite om de kleine kauw te volgen.

'Zie jij hem nog?' vroeg Fanny.

'Nee, maar hij is hier ergens geland, zeker weten.'

'Verrek! Daar zit hij in de dakgoot!'

'Waar?' vroeg Tinka.

'Daar, bij dat café. Zou hij dáár wonen?'

Het café zat ingeklemd tussen een Afrikaans reisbureautje en een tapijthandel. Uit de open ramen klonk het gedruis van een televisie. Ook dreven er geuren naar buiten die de meiden niet herkenden.

'Getsie, wat stinkt het hier,' klaagde Fanny, 'naar oude washandjes of zoiets.'

'Hij woont hier niet,' zei Tinka stellig. 'Hij rust gewoon even uit.'

'Zou het?'

'Ja, het is natuurlijk wennen om te vliegen met zo'n rare vleugel.' Tinka staarde naar de vogel in de dakgoot. 'Kauwtje!' riep ze toen. 'Woont je baasje daar? Nee toch! Woont Karim daar, is dat echt waar?'

'Kraak! Kauw! Trrrr!'

'Volkomen helder antwoord,' mompelde Fanny cynisch. 'Dat schiet lekker op.'

Tinka keek wat aandachtiger naar het café. Op het raam stond met sierlijke letters Café Orhan geschilderd. Was dat het werk van Karim? Achter het raam zag ze een groepje mannen televisiekijken. Er was een voetbalwedstrijd aan de gang. Achter de bar stond een kerel met een kaal glimmend hoofd en een korte, zwarte baard. Was dát soms de Zwarte Kladderaar?

'Nee hè!' riep Fanny ineens uit. 'Een kat!'

Ook Tinka zag de kat, een zwarte met een witte driehoek op z'n borst, door de dakgoot in de richting van Kauwtje sluipen. 'Donder op rotkat!' schreeuwde ze. 'Ga weg!' Maar de kat naderde onstuitbaar.

'Kauwtje!!!!!!' krijste Fanny snoeihard.

Deze kreet leek tot de vogel door te dringen. Met een paar vleugelslagen hing hij in de lucht, terwijl de kattennagels z'n kraagveren schampten.

'Daar gaat-ie weer, Fan, snel, kom!'

Ze volgden de vogel in volle vaart langs een moskee, langs een supermarkt en langs vrouwen met hoofddoeken achter kinderwagens, tot ze vlakbij de grauwe gebouwen kwamen. Aan vrijwel alle balkons hingen schotelantennes en bij enkele flats wapperde fleurig wasgoed aan de lijn. Ineens gedroeg Kauwtje zich zoals een paard dat de stal ruikt. Hij versnelde en vloog in volle vaart op het voorste flatgebouw af. Het was alsof er een fonkelende zwarte edelsteen door de lucht raasde. De vriendinnen konden hem niet meer bijhouden.

'Daar is het!' fluisterde Tinka tegen zichzelf. 'Dat móet het zijn.'

Ze hadden geen verrekijker nodig om te zien dat Kauwtje in een rechte lijn naar een balkon op de eerste verdieping vloog en daar op de leuning van de balustrade bleef zitten. Zijn snavel ging open en toen begon het concert.

Kauw! Kauw!

Karim! Karim!

Kaar! Kaar!

Katsjauw! Katsjauw!

Kra! Kra! Kra! Kra! Kra!

Kauw! Kauw!

Karim! Karim!

Tinka keek Fanny aan. 'Hij is thuis,' zei ze met een dromerige glimlach.

'Ja, dat kun je wel zeggen, maar is er ook iemand thuis?'

Ze had deze woorden nog niet gezegd of op het balkon ging de deur open. Er verscheen een jonge kerel met zwarte krulletjes en een smal gezicht. Hij zei iets, glimlachte en stak z'n arm recht vooruit.

'Karim is inderdaad een Marokkaan,' bracht Fanny uit.

'Zeker weten een Arabier,' zei Tinka. 'Zeker weten.'

Kauwtje ging zonder enige aarzeling op de uitgestrekte arm zitten. De man aaide hem over z'n kopje en weer bewogen z'n lippen. Daarna draaide hij zich om en verdween met Kauwtje in de flat. De balkondeur bleef open staan.

Slapende krokodil

'Wat nu?' vroeg Fanny.

'Simpel,' meende Tinka. 'We bellen bij hem aan.'

'Wil je daar naar binnen? Ben je gék geworden!'

'Nee, nee, we bellen gewoon aan, hij doet open en ik begin over Kauwtje, dat we hem hebben verzorgd, hem gevolgd zijn, bla, bla, bla, en dan ineens overbluf ik hem en zeg: jij bent Karim de Kladderaar! Ontken het maar niet!'

Fanny schoot in een zenuwenlach. 'En jij denkt serieus dat hij dat toegeeft, dat hij zegt: inderdaad, meisje, ik ben de beruchte Karim, sla mij maar in de handboeien, o, wat heb ik een spijt, ik zal het nooit meer doen, hoor.'

'Oké,' gaf Tinka toe, 'misschien is dat niet de juiste manier.'

'En waarom zou hij ons open doen? We weten trouwens niet eens op welk nummer hij woont of hoe hij heet, dat is toch…'

'Kijk daar!' viel Tinka haar in de rede, 'dát hebben we nodig.'

Fanny tuurde langs Tinka's wijzende vinger. Verderop in een zijstraat stond een vrouw op een huishoudtrap ramen te zemen.

'Die trap mogen we best wel even lenen,' zei Tinka. 'Vanaf het hoogste treetje kunnen we net over de rand van z'n balkon kijken.'

Fanny zette grote angstogen op. 'Hoezo? Wat wil je?'

'Dan zien we of hij daar z'n criminele verfspullen heeft staan.'

'Wé?' vroeg Fanny met nadruk.

'Nou ja, ik dan, ik durf het best wel te doen. Dan kan ik meteen kijken wat voor fraais hij aan de muur heeft hangen, misschien wel een rat met een strikje!'

De verbaasde wenkbrauwen van Fanny schoten omhoog. 'Shit ja, wie weet!'

'Doe je mee?'

'Ja, eh, oké,' aarzelde Fanny, 'maar wat is je smoes om die trap te mogen lenen?'

'Simpel, onze kat zit bij de flats vast in een boom, dat weet je toch!'

Even later lag de keukentrap op Tinka's bagagedrager. Tinka duwde de fiets en Fanny liep ernaast om de boel in evenwicht te houden. Haar eigen fiets had Fanny, bij wie de verrekijker om haar nek hing, tegen het huis van de ramenzeemster op slot gezet.

'Jouw glimlach was onbetaalbaar,' grinnikte Tinka. 'Dat hielp.'

'Weet je écht zeker dat je dit wilt?'

'Je bedoelt Poekie uit de boom halen?'

'Grapjas! Ik bedoel dat je bij Karim gaat gluren! Misschien is hij wel een soort Puntendief. Of erger!'

Ze liepen de zijstraat uit, gingen de hoek om en daar kwam het flatgebouw weer in zicht.

'Ik wil alleen maar kijken,' zei Tinka. 'Dat is alles. Stil nu, want we zijn nu zo'n beetje binnen gehoorsafstand.'

Zwijgend vervolgden ze hun weg naar het grauwe beton langs verveloze garages, smalle stukjes groen en een speelparkje, waar twee kleine meisjes op een klimrek zaten. Uiteindelijk stonden ze onder het bewuste balkon.

'Dit is hem,' fluisterde Tinka. Ze zette haar fiets zo geruisloos mogelijk op de standaard. Daarna pakten ze samen de aluminium trap en klapten hem zachtjes open. De trap had vijf treden en een plateau met antislipribbels. Ook onder de poten van de trap zat antislip, zodat hij stevig op de straatklinkers stond.

'Wat zeg je als hij je betrapt?' fluisterde Fanny hoogst opgewonden.

'De waarheid,' zei Tinka bijna nog zachter terug. 'Mijn vogeltje vloog bij u op het balkon.'

'Slimmerd.'

'Geniaal, hè?' murmelde ze met een glimlach, maar in Tinka's ogen viel grote spanning te lezen. Ze legde haar vinger op haar lippen om Fanny tot zwijgen te manen en beklom de eerste twee traptreden. Toen de derde en de vierde. Ondertussen spiedde Fanny om zich heen, maar er was buiten de kinderen op het klimrek geen sterveling te bekennen. Tinka stapte nóg een tree hoger en pakte de balkonspijlen beet, waaraan bruin zeildoek hing om het zicht van buitenaf te verhinderen. Heel zachtjes stapte ze ten slotte op het plateau, waarbij ze als een schildpad haar hoofd een beetje in trok, omdat ze anders misschien gezien kon worden vanuit de aan het balkon grenzende kamer. Ineens hoorde ze een merkwaardig, klagerig geluid, dat zachtjes boven het geruis van housemuziek uit klonk.

'Alles oké?' fluisterde Fanny.

Tinka gaf een bijna onzichtbaar knikje. Langzaam strekte ze zich helemaal uit, in volle lengte, zodat ze net over de leuning kon kijken. Het voelde alsof ze over de rug van een slapende krokodil liep.

De man zat aan tafel met z'n rug naar haar toe. Z'n schouders schokten en hij had z'n handen voor z'n gezicht geslagen. Ineens besefte Tinka waar dat snikkende geluid vandaan kwam; het moest van heel diep uit die man komen. Shit, wat voelde dit slecht, ja, ze schaamde zich vreselijk en wilde al een stap naar beneden doen, toen dieper in de flat de swingende ringtone van een telefoon klonk. Als verstijfd bleef Tinka staan. De man vloekte in accentloos Nederlands, wreef de tranen uit z'n ogen en snoof luidruchtig het snot op in z'n neus. Daarna stond hij op van tafel en liep weg. Nu kreeg Tinka vrij zicht op het tafelblad, waar een foto in een zilveren lijstje stond.

'Wat zie je?' klonk er gedempt van beneden.

Tinka gaf geen antwoord, want ze wist niet wat ze zag. Maar moest ze hier nog langer blijven staan, die man in z'n verdriet begluren? Nee! Ze moest naar beneden, nu! Maar als verlamd bleef ze toch staan, toen ze in de verte zijn stem hoorde, een te opgewekte stem, de stem van iemand die net doet alsof alles oké is.

'Dag lieve schat, hoe gaat het daar?'

'...'

'Ja, ik versta je goed, ja, ja, ik weet het, maak je nou maar geen zorgen. We zitten hier niet in Moadamiyah.'

'....'

'Nee, nee, het is goed, echt waar, dit wordt de laatste keer.'

'...'

'Ja, ik weet het, maar nu moet ik het ook afmaken, toch? Anders is alles voor niks!'

'...'

'Je hebt gelijk, zoveel gedoe had ik ook niet verwacht, maar dat is juist goed, vind ik.'

'...'

'Wat ik zeg: het is goed, echt.'

'...'

'Zeg, even iets anders. Weet je wie hier kwam aanvliegen? Kraak, m'n kauwtje.'

'...'

'Weet ik ook niet, maar hij mist alleen wat veren aan z'n vleugel.'

'...'

'Ja, net als de vorige keer, uurtje of half vijf. Als jij hem weer kunt klaarzetten?'

'...'

'Nee, ik weet het zeker, het wordt de zeemeermin, dat is het slimst. Oké, ik ook van jou, dag schat!'

Met stijgende opwinding had Tinka dit telefoongesprek afgeluisterd en bij de laatste woorden van de man viel ze bijna van de trap. Fanny greep haar trillende benen vast. 'Wat is er?' siste ze. 'Wat doe je?'

'Hij is het!' fluisterde ze naar beneden. 'Zeker weten, hij is Karim!'

'O? Nou, kom dan! Ik wil hier weg!'

Opeens vloog er wild fladderend iets zwarts en agressiefs rond Tinka's hoofd. Een scherpe snavel ging rakelings langs haar neus. Het was haar eigen Kauwtje die op ijselijke toon krijste: 'Karim! Karim! Karim! Karim! Karim!'

Spookverwijderaar

Lange tijd fietsten de vriendinnen zwijgend door de straten van Schotelwijk. Pas voorbij café Orhan kreeg Tinka weer spraakwater. 'Ik weet niet wat ik moet doen,' verzuchtte ze. 'Ik weet het écht niet.'

'Nou, ik weet het wel,' zei Fanny ferm. 'Je moet de politie tippen over zijn volgend doelwit, de zeemeermin, en je focussen op de finale, dat is veel belangrijker.'

'Tja, ik wéét het gewoon niet meer.'

'Wat krijgen we nou, Tink! Hij heeft toch jouw held besmeurd! Nu heb je de kans om iets terug te doen, pats, boem, wegwezen! Denk aan de Puntendief!'

'Nee, hij is anders dan de Puntendief, héél anders.'

Fanny's wenkbrauwen maakten een verbaasde buiteling. 'Maar waarom hebben we dit dan gedaan? Die achtervolging en dat gedoe met de trap! Zag je trouwens hoe die vrouw keek toen we zonder Poekie aan kwamen?'

Tinka gaf geen antwoord, maar herhaalde haar laatste woorden: 'Karim is heel anders dan de Puntendief, dat snap jij toch ook wel?'

'O ja, zou het?' bitste Fanny. 'Gekken en dwazen schrijven hun naam op muren en glazen, dat weet je! Die kerel is duidelijk niet in orde, hij is gek!'

'Tja,' zei Tinka met een stem vol twijfel, 'er is in ieder geval iets ergs met die man aan de hand. Hij huilde hartverscheurend bij die foto, echt, ik verzin het niet, z'n schouders schokten!'

'Maar je kon niet zien wie of wat er op die foto stond, toch?'

'Nee, en hij was heel lief voor degene die belde. Alleen daarom al is hij volgens mij heel anders dan de Puntendief.'

'Nou, oké, laat het dan maar zitten.'

'Ja, dát wil ik dus ook niet,' riep Tinka uit. 'Ik wil verdorie weten waaróm hij het doet, die beelden bekladden.'

'Morgen lees je zijn boodschap op de staart van de zeemeermin.'

'Ja, dat denk ik dus ook.'

Ze passeerden zwijgend de seksshops en telefoonwinkels. Nabij de brug kwam de geur van shoarma hen tegemoet. Tinka schudde ongelovig haar hoofd. 'Shit, hoe Kauwtje tegen me tekeer ging, niet normaal!'

'Die dus eigenlijk Kraak heet.'

'Ja, Kraak, niet te geloven!'

Ze kwamen bij de brug die hen over het water naar hun eigen wereld voerde. Onder Tinka's pony verschenen denkrimpeltjes. 'Zou hij ons echt goed gezien hebben?' vroeg ze. 'Ik bedoel: zou hij ons herkennen?'

'Zeker weten van niet! We waren al best ver weg en hij heeft trouwens geen idee wat we gedaan hebben.'

Maar Tinka was daar niet zeker van. Voorbij het speelparkje met de meisjes op het klimrek, zwoegend met de zwaar beladen fiets, had ze in een snelle blik over haar schouder de man op het balkon zien verschijnen.

'Pffff, hij heeft wel lef,' verzuchtte Fanny. 'Dat beeld van de zeemeermin staat pal voor het gemeentehuis!'

Tinka kon niets anders doen dan knikken. Karim had lef én verdriet, dat was een ding dat zeker was. Wat gebeurt er, dacht ze, als je lef en verdriet mengt? Wordt dat een explosief mengsel? Is dat gevaarlijk?

Ze reden in een kalm tempo de bomenbuurt binnen, waar Fanny in een kast van een huis aan de Lindelaan woonde. 'Zullen we op de club nog een balletje slaan?' vroeg ze. 'Dan haal ik thuis twee rackets.'

Tinka schudde haar hoofd. 'Nee, ik ga liever naar huis.'

'O? Dat is niks voor jou. Ben je wel oké?'

'Ja, ja, maar ik wil even nadenken, even niks doen, even... alleen zijn.'

'Oké, dat begrijp ik wel.' Plots verscheen er een ondeugende twinkeling in Fanny's ogen. 'Nou, we hebben er dus wéér een geheim bij.'

'Zeg dat wel,' zei Tinka. 'Maar denk erom, mondje dicht, hè!'

'Ja, hè, hè,' en haar vriendin maakte een gebaar alsof ze haar mond met een sleutel op slot deed.

Onderweg naar huis bleven twee beelden muurvast in Tinka's hoofd zitten: het ene was de huilende man bij de foto, het andere was dat van de man op zijn balkon. Ze meende nu zeker te weten dat hij haar niet alleen had gezien, maar zelfs had aangestaard. Wat nu als hij verhaal ging halen bij die meisjes op het klimrek? Wat hadden ze gezien? Alles! Een huivering ging over haar rug. Waarom had ze zo'n risico genomen? En wás deze man Karim wel? Dat was niet eens zeker! Ze had in de flat geen tube verf gezien, laat staan een tekening van een rat met een strik. Shit, waar was ze aan begonnen!

Daar doemden de eeuwig groene cipressen van Smashing op. Het zachte koeren van de duiven drong nauwelijks tot haar door, maar hé, wat was dat nou? Rond het standbeeld van Richard Krajicek was het een drukte van belang en ineens zag ze waarom. Mannen in blauwe overalls waren er met een hoge drukspuit in de weer. Voorzitter Smoor stond tussen een aantal clubleden toe te kijken en kreeg haar in de gaten. 'Hé Tinka!' riep hij met z'n bronzen galm. 'Kom eens kijken hoe snel het gaat!'

Ze kneep in haar remmen, stapte af en liep met haar fiets aan de hand naar de voorzitter die bijzonder tevreden keek.

'Kijk eens, ze spuiten perslucht met bakpoeder,' zei hij, 'dat is heel zacht en bros zodat het brons niet beschadigd raakt. Kijk eens hoe lekker die gaat! Huppekee, die vieze rat is al bijna weg!'

'Jeetje, ja, ge… geweldig,' hakkelde ze.

'Kijk, dat water is om de stofoverlast te beperken, maar op wat wolkjes na stelt het gelukkig weinig voor. Ze kunnen het zonder mondkapjes doen.'

Een van de blauwe overalls kwam bij hen staan. 'Nou, meneer Smoor,' zei hij, 'die Karim is toch niet zo'n kwaaie, hij heeft makkelijk te verwijderen verf gebruikt. Zo hebben we gelukkig geen last van spookbeelden.'

'Spookbeelden?' echode Tinka.

'Ja, juffie, die ontstaan als we graffiti maar deels kunnen verwijderen, dan houd je een soort schaduwen op het standbeeld, spóken.'

'En wat doe je in zo'n geval?' vroeg Smoor.

'Dan moeten we er helaas hard tegen aan met spookverwijderaar, bijvoorbeeld granulaat, keiharde korreltjes die de boel weliswaar schoonmaken, maar een standbeeld ook lelijk kunnen aantasten.'

Smoor trok een doodernstig gezicht. 'Ja, ja, dat blijft ons goddank bespaard, maar waar zal die schurk de volgende keer toeslaan, wat denkt u?'

De blauwe overall grinnikte. 'Geen idee, er zijn veel beelden in de stad, maar ik denk niet dat hij weer zulke risico's neemt als met Willem op de Grote Markt. Daar schijnt hij door een vroege postbode op een scooter gezien te zijn.'

'Wat denk jij er eigenlijk van?' vroeg de voorzitter aan Tinka. 'Zal hij nóg eens toeslaan of is het afgelopen met dat vandalisme? Misschien is hij wel geschrokken van al die aandacht in de media.'

Tinka haalde haar schouders op. 'Tja, hij wil... iets vertellen.'

'Dat wil hij zeker,' zei Smoor met een grafstem. 'Die egoïst wil aandacht voor zichzelf, hij wil de grote artiest spelen, toch?!'

'Ja,' stamelde ze, 'ik... ik denk het.'

Smoor was duidelijk niet tevreden met dit antwoord. 'Maar goed,' gromde hij, 'overmorgen is jouw finale. Ik zag Martina vanochtend nog op de baan. Ze werkt keihard.'

'Ik... ik ook, hoor,' stotterde Tinka.

'O ja? Nou, mooi, we zullen het gaan beleven. Ah, kijk, daar wordt dat reptiel weggestraald. Huppekee, weg ermee! Prachtig! Nu nog die rotnaam: Karim! Ja, ja, daar smelten de letters al weg. Voorbij is zijn roem!'

Al een kwartier later stond Tinka in de tuin de bal over het betonnen net heen te rammen. In elke slag zat agressie en ze wist precies waar die vandaan kwam. Wat moest ze nou met Karim? Ze kon maar niet loskomen van die droevige, mysterieuze man met z'n tamme kauw die Kraak heette. Als een spookbeeld bleef hij in haar hoofd zitten, nee, dit was niet weg te slaan met een forehand, daar hielp zelfs geen granulaat tegen. Pats! Pats! Pats! O, wat raakte ze de ballen slecht! Was ze Kauwtje maar nooit gevolgd. Pats! Pats! God, dit werd een afgang tegen Martina. Pats! Pats!

Zeemeermin

De hele nacht draaide Tinka zich om en om onder haar dekbed, van haar rechter- op haar linkerzij, van haar linker op haar rechter, en ze kon niet in slaap komen. Ze woelde heen en weer, probeerde telkens weer kalm te zijn en aan niets meer te denken, maar dat mislukte; steeds weer verscheen Karim in haar gedachten. Wat was zijn boodschap? Wat wilde hij? Wie stond er op die foto? Stel, hij herkende haar ergens op straat, wat dan? Om kwart voor vier was ze klaarwakker en hondsmoe tegelijk. Ze staarde naar de wijzers op de wekker; over drie kwartier zou het gebeuren. Moest ze in bed blijven liggen? Nee! Ze gooide het dekbed van zich af en griste haar kleren van de stoel.

Zachtjes liep Tinka de trap af. In de keuken at ze snel een eierkoek. Daarna sloop ze stilletjes naar de schuur en even later fietste ze moederziel alleen in de richting van de stad. Donkere wolken hingen boven de bosrand. De bomen waren omgeven door mistflarden en hadden veel weg van gebochelde heksen, maar het konden ook wraakzuchtige Puntendieven zijn. Shit, was dat nou een tak of een jachtgeweer? 'Niet bang zijn!' mompelde ze tegen zichzelf. 'Niet bang zijn!' De ochtendmist trok langzaam op, maakte absoluut geen haast. Nog altijd was het akelig donker. Tinka had ook nog eens wind tegen en dat betekende extra stevig trappen tussen de maïsvelden en weilanden vol slapend vee. Regelmatig moest ze uit het zadel, maar daar verschenen dan eindelijk de contouren van de stad. Op datzelfde moment hoorde ze in de verte een geluid dat haar schrik aanjoeg.

Vroemmm… broemmm.

Tinka hield de trappers stil, ja, dat was zeker weten een scooter. Van welke kant was het bromgeluid gekomen? Ze had geen idee. In ieder geval was het plotsklaps gestopt. Ze spitste haar oren, keek naar alle kanten om zich heen, maar er was niets te horen of te zien dat op een scooter leek. Reed Karim op een scooter of was dat een onzinverhaal? Niet meer aan denken, ze moest door! En ze vervolgde snel haar weg, want op haar horloge was het inmiddels kwart over vier.

Tinka fietste op volle snelheid door uitgestorven straten langs huizen met ramen zo donker en dreigend als schietgaten. Zelfs de stoepranden hadden iets griezeligs. Ze naderde het plein waar al sinds jaren de bronzen zeemeermin pronkte, bovenop een reusachtige, geribbelde schelp van beton, recht tegenover het gemeentehuis. Tot Tinka's opluchting stond ze er nog zoals de maker het bedoeld had: puur en ongeschonden.

Nu moest ze afwachten, maar dan natuurlijk wel zonder gezien te worden. Ze zocht het donkerste plekje van het plein op, in een parkje waar sterke boomwortels de grond omhoog drukten. Vanachter lage bosjes had ze prima uitzicht op de zeemeermin, die keek alsof ze het gebrom van de branding hoorde en daar zeer naar verlangde. Volgens de sprookjes leven zeemeerminnen diep onder water in een kristallen paleis, maar Tinka geloofde niet in sprookjes, ze geloofde vooral haar eigen oren en ogen. Om half vijf precies hoorde ze heel in de verte voetstappen, kalme voetstappen, de voetstappen van iemand die ontspannen een wandeling maakt. Het geluid stierf weg. Daarna hoorde ze het suizen van fietsbanden op asfalt. Voor ze het wist flitsten twee agenten op mountainbikes voorbij, knuppel en pistool aan hun gordel.

Tinka keek op haar horloge. Het liep nu tegen kwart voor vijf. Ze geeuwde van de slaap en de spanning. Kwam hij niet of…? Weer klonken er zachte voetstappen, dit keer veel onrustiger, zo leek het. Dit was een nerveuze wandelaar. Tinka loerde vanachter de bosjes en liet haar blik over het plein dwalen: fietsenrekken waar nog enkele roestige fietsen en een scooter stonden, plantenbakken vol bloeiende gladiolen, lege bankjes, volle prullenbakken. En ineens… was hij daar! Tinka's hart sloeg een slag over. Op het plein liep een in het zwart gehulde figuur, een soort schim, die een motorhelm droeg waarvan het donkere zonnevizier naar beneden was geklapt.

'Shit,' mompelde Tinka zachtjes.

De persoon in het zwart bewoog zich soepel en vrijwel geruisloos op pikzwarte gympen. Ademloos keek Tinka toe hoe hij lenig als een kat de reusachtige schelp beklom en daar z'n tas neerzette. Kennelijk op z'n gemak haalde hij er heel rustig een spuitbus en een kwast uit. En toen begon het! In een mum van tijd stond er een gele tijger met een handtas in z'n bek op de linkerdij van de zeemeermin. Haar neus was toen al roodgeverfd en net als Richard en Willem III kreeg ook zij een druipsnor van forse afmetingen. Daarna kwam een andere spuitbus uit de tas. Op de boezem van de zeemeermin ontstond een grillig spoor van roze letters, vergezeld door het sissende geluid van de spuitbus.

Tinka zag de letters groeien, las ze wel tien keer en hapte naar adem, want nu begreep ze wat Karim bezielde. In roze letters stond er te lezen: *kinderen in Syrië. Giro 809.*

Tinka prevelde de complete roze zin, zoals hij was verschenen op de borsten van beelden in de stad, zachtjes voor zich uit:

help nou eens eindelijk kinderen in Syrië. Giro 809.

Vrijwel onhoorbaar sprong de man van de schelp naar beneden. Daar hurkte hij neer en begon aan z'n zilverzwarte blokletters. Dit karweitje kostte meer tijd. Tinka zag de K, de A en de R op het beton verschijnen. Wat moest ze in vredesnaam doen? Hem aanspreken? Hem voor z'n vandalisme… prijzen? Daar was de I, nu de M nog en…

'Hé daar, halt!' galmde opeens een stem over het plein.

Tinka schrok zich wild, net als de Zwarte Kladderaar.

Daar kwamen de twee politiemannen op hun mountainbikes! Ze reden recht op Karim af die zich geen seconde bedacht. Zonder zich te bekommeren om de onaffe M griste hij z'n verf-spullen bij elkaar, sprintte naar de fietsenrekken, duwde daar de scooter van de standaard en startte hem.

Verrek, dacht Tinka, hij heeft daar een vluchtscooter staan!

'Stop!' riepen de agenten in koor. 'Stop!'

Maar de Kladderaar stopte niet. Hij scheurde weg op de scoo-ter, ongrijpbaar als de wind.

Het konijn

Tinka had zich niet laten zien aan de politie. Ze zag en hoorde vanachter de bosjes hoe de ene agent in z'n portofoon melding maakte van het 'vandalisme' van de Kladderaar en dat diezelfde 'vandaal' op een zwarte scooter noordwaarts gevlucht was, in de richting van de Schotelwijk. Na deze mededelingen waren de politiemannen als de bliksem weggefietst. Zelf fietste Tinka inmiddels ook weer, maar zij ging een heel andere kant op, zij nam de kortste route naar haar bed, want o, wat was ze moe. En wat was ze naïef geweest! Had ze nou echt gedacht dat Karim zonder masker of helm zou verschijnen? Ja, dat had ze inderdaad gedacht. Stom, stom, stom! Maar goed, nu wist ze in ieder geval waarom Karim deed wat hij gedaan had. Het ging om de burgeroorlog in Syrië. Op het jeugdjournaal had ze daar natuurlijk dingen over gezien en gehoord, maar het was allemaal zo vreselijk ver weg. Ze kende daar ook niemand.

Ze was de stad inmiddels uit en fietste door de velden. De zon had de duisternis verdreven, maar nog altijd hing er iets grauwigs over het land en was er buiten de schapen geen sterveling te bekennen. Hoog boven haar hoofd gooiden zwarte vogels zich roekeloos in de wolken. Kauwtje was er niet bij. Ze dacht terug aan gistermiddag, toen haar ouders vroegen naar het resultaat van de speurtocht.

'En?' had haar vader gevraagd. 'Hebben jullie z'n baasje gevonden?'

'Nee, pap, in de stad zijn we z'n spoor kwijt geraakt.'

'O? Heb je de verrekijker nog gebruikt?'

'Nee, was niet nodig, maar wel bedankt, hoor.'

'Waar raakten jullie hem kwijt?' had haar moeder toen gevraagd.

'Net voorbij de brug naar de Schotelwijk, mam.'

'Jammer.'

'Ja, jammer, niets aan te doen.'

Wéér had ze gelogen, maar ja, zo gaat dat als je geheimen hebt, dacht Tinka, en iedereen heeft geheimen, toch? Haar blik viel op een vogelverschrikker in het land, twee stokken met wapperende lappen eraan. 'Zo kan het ook, Puntendief!' mompelde ze. Na deze woorden zag ze plots de dodelijk gewonde kraai weer voor zich: het bloed, de stuiptrekkingen, het tongetje... Shit, niet meer aan denken! Verder gingen haar gedachten inderdaad niet, want toen werd haar aandacht getrokken door een zwart remspoor op de weg en een vage benzinewalm. Het bandenspoor was minstens tien meter lang en verdween met een zigzagbocht van het fietspad. Daar ging het spoor verder over platgedrukt gras om te eindigen in een gat in het maïsveld. En midden in dat gat lag een scooter en iets verderop in het veld zag Tinka tussen tientallen losgerukte maïskolven een zwarte figuur tussen de zachtjes wuivende pluimen.

'Holy shit!' kreunde Tinka.

In de verte sloeg de torenklok vijf uur. Vijf bronzen slagen lang verroerde Tinka geen vin. Toen ze de wind weer in de bomen hoorde ritselen, stapte ze van haar fiets af. 'Hallo daar,' riep ze van een veilige afstand, 'ben je oké?'

Er kwam geen reactie. Ze deed twee stappen dichterbij. Nu pas zag ze in het maïs de tas met spuitbussen, tubes en kwasten liggen, halverwege de scooter en z'n berijder.

'Eh… Karim! Ben je oké?'
Weer kwam er geen reactie. Ze zette haar fiets op de standaard en liep over het gras naar de rand van het maïsveld. Met voorzichtige passen naderde ze de bewegingloze man, die ruggelings in het maïs lag. Was hij alleen buiten westen of was het erger? Kon ze niet beter meteen 112 bellen? Of… nee, ze wilde nu eerst zijn gezicht zien, ze wilde zeker weten of Karim inderdaad de man op het balkon was. Ze duwde de manshoge maïs opzij en bukte zich naar hem toe. Haar hart bonkte in haar keel. Nu kon ze de Kladderaar bijna aanraken. Tinka bukte zich nóg verder naar voren en reikte naar de valhelm. Na een licht duwtje gleed het zonnevizier met een zoevende klank als vanzelf omhoog. Dzzzjuk!
'Goddank, je bent het!' fluisterde Tinka, terwijl ze hem recht in het smalle gezicht keek. De man zag er van zo dichtbij heel jong uit, ze schatte hem op een jaar of twintig, beslist niet ouder. Z'n gezichtshuid had de kleur van mokka-ijs en de pikzwarte wimpers van z'n gesloten ogen waren lang en krullend; zijn kleren waren besmeurd met modderspatten, net als z'n sneakers.
Tinka gaf een duwtje tegen z'n schouder. 'Karim!' fluisterde ze. 'Karim, word wakker!'
De man reageerde niet. De wind waaide zachtjes over de ontelbare maïsstengels en in de hoogte klonk vaag gefluit van vogels, verderop klonk het geblaat van schapen in de wei, maar tussen al deze geluiden door hoorde Tinka zachtjes Karims ademhaling. Toen kreeg ze een goed idee. Ze liep naar de sloot aan de andere kant van het fietspad. In het kommetje van haar hand schepte ze water dat ze even later recht in de man z'n gezicht petste.
Splash!

'Hè, watte… wat iszzer?' bromde hij. 'Laat me toch… laat me.'
Tinka schudde aan z'n schouder. 'Wakker worden!'
'Huh?' Z'n ogen gingen open. Hij hoestte.
'Je bent met je scooter van de weg geraakt, Karim. Wat is er gebeurd?'
Zwarte ogen keken haar onderzoekend aan. Tinka zag dat de man een tikkeltje loenste. 'Wat is er gebeurd?' herhaalde ze.
Z'n gezicht vertrok alsof hem een nare herinnering inviel. 'Een konijn,' grijnsde hij toen. 'Ja, verdomd, het was een konijn. Ineens zat-ie midden op de weg en ik probeerde hem te ontwijken.'
In zwarte ogen kun je veel verbergen, maar Tinka dacht iets dubbels in het zwart te zien, alsof deze verklaring hem zowel plezier als verdriet deed.
'Rótkonijn!' gromde hij.
Ergens tussen de wuivende maïspluimen begon een roodborstje aan z'n ochtendlied en in de verte, vanuit de stad, klonken politiesirenes. Door het geluid van de sirenes werd de man opeens actief. Hij probeerde op te staan, maar dat lukte niet. 'Au, m'n rug! Shit, kun jij me overeind helpen?'
'Misschien,' zei Tinka koeltjes.
'Hoezo misschien?' vroeg hij verbaasd.
'Wat moet je eigenlijk met al die verf?' Streng als een schooljuf wees Tinka naar de tas vol spuitbussen en kwasten.
De man loerde naar de tas en haalde met een van pijn vertrokken gezicht z'n schouders op.
'Nou? Zeg het maar!'
'Ach, m'n arme hoofd,' klaagde hij in plaats van antwoord te geven.
Tinka keek hem triomfantelijk aan, als een detective die een

moeilijke zaak heeft opgelost. 'Je hoeft de vraag niet te ontwijken, hoor, want ik wéét wat je gedaan hebt, Karim!'

Steunend kwam de man half overeind. Direct deed Tinka vier passen achteruit. Nu stond ze op het veilige gras. De Zwarte Kladderaar liet zich ruggelings in het maïs terugzakken. 'Au, verdomme!' kreunde hij.

'Ik wéét wat je gedaan hebt, Karim!' zei Tinka opnieuw.

'Daar vergis je je in,' klonk het uit het wuivende maïs.

'Helemaal niet!' brieste Tinka. 'Ik heb je zelf aan de gang gezien! Met mijn eigen ogen heb ik gezien hoe je de zeemeermin... eh... bekladde.'

Weer kwam de man moeizaam half overeind, dit keer met een droevige glimlach op zijn gezicht. 'Dat klopt helemaal, maar mijn naam is niet Karim.'

Ghouta

De man die niet Karim heette zette z'n helm af. Er kwamen zwarte krulletjes tevoorschijn die scherp afstaken tegen het gele maïs. Tinka hoorde hem een paar keer diep zuchten. Wat moest ze doen? Hem overeind helpen? Maar wat als hij kwaad in de zin had? Wat als hij haar ineens vastgreep en...

'Kun je me helpen?' klonk z'n stem nu smekend. 'Alsjeblieft.'

'Ik weet niet of dat verstandig is,' zei Tinka. 'Ik ken je immers niet.'

'Nou, dát valt toch wel mee, volgens mij zag ik jou gisteren met een trap bij mijn flat rond sjouwen.'

Tinka voelde zich vuurrood worden.

'Wat moest je daar? Spioneren?'

In z'n stem klonk lichte spot, maar ook iets scherps, iets dat kon steken.

'Nou?' hield hij aan.

'Ik... ik wilde,' hakkelde ze, 'of nee, we wilden... nou ja... we wilden...' Na dit gehakkel viel ze stil, want wat had ze nou eigenlijk gewild?

'Ja, wat wilden jullie?' vroeg hij zachtjes.

'We wilden de Kladderaar betrappen,' hernam ze zich. 'We wilden hem... nou ja, we wilden jou...'

'Door de politie laten grijpen?' vulde hij vragend aan.

'Ja!'

'Waarom?'

Dit keer stotterde ze niet. Nu kwamen de woorden in sneltreinvaart. 'Omdat jij de naam van Richard Krajicek op z'n beeld hebt weg gekliederd en de jouwe er levensgroot voor in de plaats hebt gezet! Je hebt hem een rode clownsneus gegeven en een rat op z'n kont getekend, dat vind ik misdadig!'

'O?' klonk het droogjes.

'Ik kén hem! Ik heb vorig jaar een tennisclinic van Richard gehad en hij is superaardig en hij heeft verdorie Wimbledon gewonnen. Dan verdien je zoiets niet!'

'Nee, oké, ik begrijp dat je boos op me bent.'

'En ik ben heus niet de enige!'

'Nee, nee, ik weet het, maar ik ben dus niet Karim, hè.'

'Wie is die Karim dan wel?' vroeg Tinka.

De man staarde naar de restjes verf op z'n vingers, kuchte twee keer achter z'n hand en zei toen: 'Eerst wil ik graag weten hoe je me gevonden hebt. Wil je me dat zeggen? Ik kan er misschien wat van leren.'

Aan z'n gezicht zag Tinka dat de Zwarte Kladderaar geen flauw benul had hoe zij hem op het spoor was gekomen. Vermoedelijk ging hij op dit moment al z'n mogelijke fouten na, maar vond niets. Wat moest ze doen? Hem de waarheid vertellen? Ze keek over haar schouder naar het fietspad. Ze zag het zigzaggende bandenspoor en nam een beslissing. Iemand die op z'n scooter uitwijkt voor een konijn, dacht ze, kan toch geen écht slecht mens zijn. Hoeveel anderen zouden zo'n beestje niet plat rijden? Duizenden! 'Eh… nou,' begon ze, 'het gebeurde tijdens een partijtje tennis.'

Tinka had haar verhaal gedaan, kort en krachtig. De man schudde nu langzaam z'n hoofd vol krullen. 'Verraden door m'n eigen kauwtje,' mompelde hij. 'Ongelofelijk!'

'Ja, ongelofelijk maar waar,' zei Tinka.

'En je wist dus dat vanmorgen vroeg de zeemeermin aan de beurt was?'

'Eh… ja.'

'En toch tipte je de politie niet, althans, ze stonden me niet op te wachten.'

'Nee, ik hield het stil.'

'Daar begrijp ik niks van. Waarom niet?'

Wat moest ze nu zeggen? Weer de waarheid? 'Je… je was zo aardig aan de telefoon,' zei ze blozend, 'toen… toen ik je afluisterde.'

'Mmmm, volgens mij heb jij nog iets anders gezien of gehoord, toch?'

Shitterdeshit! Wat nu? Tinka kreeg geen tijd om nóg roder te worden.

'Zag je soms een foto op mijn tafel staan?'

'Ja,' gaf ze toe met gesmoorde stem. 'Het… het spijt me. Ik wilde weggaan, echt, maar…'

'Dat is een foto van Karim,' onderbrak hij haar, 'mijn vierjarige neefje uit Ghouta, een woonwijk in Damascus. Ach, je zou hem op die foto moeten zien: een en al vrolijkheid, een en al geluk.'

Ineens zag Tinka aan de houding van de man dat er iets veranderde. Zijn handen werden onrustig en hij rechtte z'n schouders alsof hij iets moest bewijzen, sterk moest zijn, een klap moest opvangen.

'Ben jij ook een Syriër?' vroeg ze om die klap uit te stellen.

'Nee, ik ben in Nederland geboren en getogen, maar ik heb er familie. Mijn oudste zus is Karims moeder.

'Aha.'

'Ik heb veel contact met mijn familie in Damascus via Skype. Ken je dat?'

Ze gaf een trillend knikje.

'Kraak is trouwens ook een goede bekende van mijn familie

daar. Ik heb hem zelfs geleerd om Karim te zeggen, maar goed, dat weet jij als geen ander.'

'Ja.'

'Ach, Karim vond dat zó geweldig, een vogel die z'n naam zei!'

'Ja, dat lijkt me ook prachtig,' stamelde ze, terwijl ze in de zwarte ogen de brandende steek van mooie, maar ook pijnlijke herinneringen zag. Tinka voelde aan alles dat de uitgestelde klap nu ging vallen. De man keek haar ook niet meer aan, alsof hij zich schaamde. Zijn blik richtte zich op het maïs dat golfde in de wind. 'Sinds die rampzalige 21ste augustus,' steunde hij toen, 'adem ik Karim, snurk ik Karim, vloek ik Karim, kreun ik Karim, schreeuw ik Karim en schilder ik Karim.' Hij maakte een woeste beweging met z'n arm. 'Ik schilder het de wereld recht in haar gezicht, pats, pats!'

Tinka kreeg een nerveus gevoel in haar maag. 'Is… hij… is hij…'

'Karim is dood, ja, net als zoveel andere kinderen uit Ghouta, maar dat had je misschien al begrepen?'

Ze gaf een voorzichtig knikje. Wat was er precies gebeurd in dat verre Ghouta? Tinka wist het niet.

'Weet je, ik was zo boos en verdrietig, dat ik iets onbesuisds wilde doen, iets wanhopigs, iets opzienbarends. Toen heb ik de spuitbus gepakt voor m'n waanzinnige actie! Want alleen door knotsgek te doen krijg je tegenwoordig aandacht. Door Karims dood werd ik de Kladderaar, snap je?'

Tinka gaf een schuchter knikje.

'We moeten hier méér doen voor de kinderen dáár, dat ze niet meer hoeven te rennen voor kogels, maar rennen voor hun plezier, bij het voetbal en tennis. Hopelijk komt er door mijn actie meer hulp voor die kids. Maar goed, nu is het klaar en wil ik graag naar huis, voordat de politie komt. Kun jij me op de scooter helpen, alsjeblieft?'

Tinka ondersteunde de hinkende Kladderaar. Ook hielp ze hem om de scooter naar het fietspad te duwen. Ze klapte zelfs het zadel voor hem open om z'n tas met verfspullen erin te stoppen. Uit deze bagageruimte kwam overigens een sneeuwwit jack tevoorschijn, dat hij kreunend van pijn over z'n trui deed om de politie te misleiden. 'Nu zullen ze bij de Schotelwijk toch wel weg zijn, denk je ook niet?' vroeg hij met vermoeide stem.
'Ja, ik hoop het.'
Dzjuk!
De Zwarte Kladderaar klapte z'n vizier neer. 'Bedankt voor je hulp,' klonk het dof vanachter het plastic.
'Graag gedaan. Wat ga je nu doen?'
De man keek haar vanachter het donkere vizier zeker drie volle secondes zwijgend aan. 'Ik ga naar m'n zus,' zei hij toen, 'naar Syrië.'
'Om te vechten?' vroeg ze geschrokken.
'Ja, om te vechten voor vrede, met m'n spuitbussen als wapens. Dat is het enige dat ik als tekenaar kan en ook wil doen: tekenen tegen die klote-oorlog.'
'Je te… tekent trouwens goed,' stotterde Tinka blozend. 'Vooral die dieren, je bént helemaal geen kladderaar.'
'Mmmm, vond je die rat met het roze strikje op Richard Krajicek z'n kont ook goed?'
'Zelfs die!'
'Oké,' vervolgde hij grinnikend. 'Ik moet jou trouwens óók nog bedanken dat je de politie niet hebt getipt, dat je Kraak

hebt verzorgd en dat je me bij bewustzijn bracht, anders lag ik hier nóg op apegapen.'

'Graag… graag gedaan.' Meer wist Tinka niet uit te brengen.

De man startte z'n scooter.

'Hoe… hoe is het met Kraak?' vroeg ze op de valreep.

'Goed, hoor.' De Kladderaar liet de motor stationair draaien. 'Ergens in mei vond ik hem op de stoep, met z'n roze velletje en kale kop, zo uit het nest gevallen.'

'Jee.'

'Z'n oogjes zaten nog achter een vlies, echt een baby'tje, maar nu is het een kletsmajoor eerste klas die de sterren van de hemel vliegt. Nou goed, straks vliegen we van elkaar weg, ik naar Ghouta, hij naar de bossen.'

'Ja.'

Toen klapte de man z'n vizier omhoog en keek haar recht aan. 'Weet je, jij bent een verdomd dappere meid.' Daarop klapte hij het vizier weer omlaag, gaf gas en snelde weg zonder te groeten.

Geluksjurkje

Niemand had Tinka gemist. Het huis met de groene dakpannen was nog in diepe rust. Ze was erg slaperig, maar eerst wilde ze perse op de laptop kijken wat er nou precies in dat Ghouta was gebeurd. In volstrekte stilte tikte ze op Google de namen Damascus en Ghouta in en meteen herkende ze de beelden die ze eerder zag op het jeugdjournaal: rijen kinderen op de grond met kaartjes met nummers op hun borst. Shit, de slachtoffers van raketten met gifgas! Ze keek naar de kindergezichten, een van hen moest Karim zijn, ooit een en al vrolijkheid en geluk. God, wat een ramp! Ze dacht aan de gewonde kraai op het oorlogspad, hoe hard dat haar had geraakt. Kon je nagaan hoe de Kladderaar eraan toe was! Ineens stroomden haar ogen vol tranen. Snikkend zat Tinka achter de laptop, huilend om het verdriet van de Kladderaar. Door een waas van tranen las ze ook nog iets over het gebrek aan hulp voor Syrische kinderen. Vandaar dat 'eindelijk' op de borst van koning Willem! Tinka klapte de laptop dicht, droogde haar tranen en sloop de trap op naar haar slaapkamer. Ze had nog net genoeg energie om haar schoenen uit te trekken. Met een plof liet ze zich op bed vallen.

Klop! klop!
'Hallo, slaapkop! Kom je ontbijten?'
Tinka schrok wakker uit een droomloze, kalme slaap. Ze voelde zich gek genoeg goed uitgerust ondanks al haar belevenissen van de vroege ochtend. 'Ja, ja, ik kom al, pap.'
Joris zat al aan tafel, hun moeder was allang op haar werk. Jan

Bezemer zette een glas verse jus d'orange voor Tinka neer.

'Kijk eens, wat extra vitaminen.'

'Dank je wel, pap.'

'Eet smakelijk, jongens. Trouwens Tinka, ik zag net op internet dat Karim vermoedelijk klaar is met z'n geklieder.'

'O?' zei ze met haar onschuldigste gezicht.

'Het was een soort politieke actie, bedoeld als oproep om geld te storten voor kinderen in Syrië.' Haar vader pakte z'n smartphone. 'Hier, kijk maar, de zeemeermin op het plein was z'n laatste slachtoffer.'

Tinka bekeek de foto's.

'Ik wil ze ook zien,' zei Joris. 'Wat is er met die kinderen?'

'Ze hebben keihard hulp nodig, Joris: medicijnen, kleding, eten en drinken en tenten en zo.'

'Zouden ze iets aan mijn wigwam hebben?'

Hun vader schoot in de lach. 'Nee, laat die wigwam maar in de tuin staan, maar het is wel heel lief dat je eraan denkt.'

Joris pakte z'n glas melk en dronk.

'Ik vind het een sterke actie,' vervolgde Jan Bezemer, terwijl hij van een croissant knabbelde. 'Half het land praat erover en nu zal er hopelijk meer geld overgemaakt gaan worden. Ikzelf ga het in ieder geval doen. Karim heeft mij geráákt!'

Tinka smeerde jam op haar boterham. 'Ja, ik vind het ook een goeie actie.'

'O, ondanks de besmeuring van jouw held?'

'Ja, Richard is alweer schoon enne… nou ja, het is dus voor een supergoed doel.'

'Precies! O, Fanny heeft nog voor je gebeld, maar je lag nog zo lekker te slapen. Of je haar terugbelt.'

'Oké, doe ik.'

Triiiing! Daar ging de vaste telefoon over.

'Wie kan dat nou zijn?' vroeg Jan Bezemer zich hardop af. Hij slofte naar de telefoon en nam op. 'Wat zegt u? O, van het Stadsblad, jazeker, ze is aanwezig, momentje, hoor.' Hij keek Tinka aan. 'Iemand van de sportredactie. Of je wat vragen wil beantwoorden over de finale.'

De vragen van de verslaggever waren niet moeilijk. Of Tinka zin in de finale had? Ja, hè, hè, heel veel zin en dan vooral om te winnen. Had ze wel eens eerder tegen Martina Punt gespeeld? Jawel, en ze had steeds verloren, maar nu ging het anders. O, waarom dan? Nou, ze had er een goed gevoel over en ze had veel getraind; het eelt op haar slaghand was dikker dan ooit. De journalist had via via vernomen van Tinka's geluksjurkje. Kon ze daar iets meer over vertellen? En toen gebeurde het. In Tinka's hoofd plopte ineens een idee op waar ze helemaal vrolijk van werd en haar antwoord was: 'Nou, dat geluksjurkje moet wel aangepast worden, want ik wil er iets bijzonders mee doen. Nee, nee, dat is geheim! Komt u morgen zelf maar kijken!'
Aan tafel keken Jan Bezemer en Joris elkaar verbaasd aan. Wat was dit nou? Nadat Tinka de hoorn oplegde, kregen de twee geen tijd om iets te vragen, want ze toetste meteen een ander nummer in en maakte met driftige handgebaren duidelijk dat ze stil moesten zijn. 'Hopelijk is ze thuis!' mompelde ze. 'Hè, kom nou toch, verdorie, neem toch op!'
'Wie bel je?' vroeg haar vader. 'Wat…'
'Stil nou, pap!'
Eindelijk was er verbinding.
'Hoi oma,' riep Tinka uit, 'met mij, ik heb een megabelangrijk klusje voor je!'

Finale

Tinka zag de tennisbal als een komeet op zich afkomen. Haar pony danste op haar voorhoofd toen ze hem vol raakte. Aan de andere kant van het net gleed Martina vlinderlicht op de return af. Met slice aaide ze de bal terug naar het midden van de baan, waar Tinka de bal met een forehand naar Martina's rechterhoek veegde.

Zoef!

Flap!

Martina's antwoord vloog als een streep rakelings over de netband naar Tinka's backhand. Op het gravel botste de bal tollend omhoog, meters bij haar vandaan. Nu was een alles of niets backhand nodig. Tinka's beide voeten kwamen los van de grond en al zwevend wist ze de bal nog net te raken. Van haar racket scheerde hij over de netpaal, onbereikbaar voor Martina plofte de bal op het gravel.

'Deuce!' riep de scheids vanuit de hoogte.

Er klonk applaus van de tribune en Martina keek Tinka aan met een blik van: wát, heb jij die bal geslagen? Ik kan het niet geloven! Maar toen gaf ze met haar hand een paar tikjes op het blad van haar racket, een applausje voor het mooie punt. Heel even schemerde er zelfs een zachtere glans in de fanatieke ogen. Tinka liep terug naar de baseline. Op haar rug kriebelde het een beetje. Misschien kwam dat wel door het naaigaren dat haar oma had gebruikt om de witte viltletters op de rug van het jurkje te naaien. Daar viel te lezen *help kinderen in Syrië*! Op de voorkant van het jurkje stond in grote letters en cijfers *giro 809*.

'Wat een bijzondere dochter heeft u,' zei Pieter Smoor tegen

Jan en Natasja Bezemer, die naast hem op de volgepakte tribune zaten. 'Dit was zeker haar eigen idee?'

'Jazeker, wij wisten van niks,' beaamde een trotse Jan Bezemer. 'We zagen die tekst pas toen ze op de baan stond.'

'Ja, ja,' bromde Smoor, 'ze is me er eentje.'

De ogen van Smoor en ook die van Tinka's ouders schoten heen en weer over de baan. Met honderden anderen volgden ze de tennisbal.

'Mam?' Joris keek z'n moeder vragend aan.

'Ja, wat is er? Vind je het ook zo spannend?'

'Nee, ik vind er niks aan, maar dit is de derde set, hè, zo heet dat toch?'

'Jazeker, in deze set gaat de beslissing vallen.'

'Mooi,' mompelde Joris, 'ik snak naar m'n wigwam.'

Op het scorebord stond de stand 6-4, 4-6. In een vrij kalme sfeer waren de sets tussen beide speelsters verdeeld, maar nu explodeerde de wedstrijd en volgde er een spervuur van volleys en passeerslagen. Tijdens deze rally's voelde Tinka haar hart bonzen tot in de steel van haar racket, alsof het ding van vlees en bloed was. Bij 5-5 kwamen de 'big points' eraan en voelde Tinka haar krachten verdubbelen. Als ik win, dacht ze in een flits, krijg ik nóg meer aandacht voor de Kladderaar z'n actie; wie weet zal het hem zelfs een beetje troosten. Maar helaas bleek ook Martina haar beste spel voor het laatst bewaard te hebben. Drie keer achter elkaar dwong ze Tinka tot een hopeloze afzwaaier. 'Klotebal!' foeterde Tinka zachtjes tegen zichzelf. 'Dit moet beter, veel beter!'

'Kom op, Tink! Doe het!' hoorde ze Fanny ineens roepen. Ook haar ouders en Maria moedigden haar luidkeels aan.

'Stilte alstublieft!' reageerde de scheids streng.

Martina was nu aan service en haar opslagen klonken alsof er wijnflessen werden ontkurkt. Ze vuurde de ballen in een strak tempo over het net en soms waren ze zó hard, dat Tinka haar racket er niet eens naar uit stak. Het werd een vernederende love-game.

'6-5, game voor Martina Punt,' zei de scheidsrechter, 'Tinka Bezemer serveert.'

Tinka stuiterde de bal. Nu moest haar service beter, veel beter, anders was het sprookje uit, kon ze de hoofdprijs op haar buik schrijven.

Pats!

Roesj!

Met een zielige snik verdween haar eerste service in het net. Shit! Tinka werd steeds bozer op zichzelf en probeerde daar kracht uit te putten. Ze sloeg haar tweede service vol risico nét over de netband. Vlak voor Martina's voeten sloeg de bal in als een bom.

'15-0!' Galmde de scheids.

'Juist,' sprak ze zachtjes tegen zichzelf. 'Dat is het! Lef tonen, knallen!' Ze serveerde opnieuw op volle kracht, maar dit keer was de return knetterhard. Tinka voelde Martina's kracht in de steel van haar racket, in haar vingers, pols, arm, schouder en de rest van haar lijf. Ook voelde ze dat ze de bal te laat nam.

'Uit!' riep de scheids. 'Vijftien gelijk.'

Na een iets voorzichtiger service van Tinka begonnen de speel-sters toen aan een uitputtend lange rally. Vier gymschoenen schraapten over het gravel en onder vier voetzolen begonnen blaren te ontstaan. Soms leek het wel of ze de rally expres rekten voor het meelevende publiek. De ene bal was nog fraaier dan de andere en zeker achttien slagen waren zo zuiver als engelengezang.

'Nu!' fluisterde Tinka zichzelf toe. 'Nu verdorie afmaken!' Haar agressieve topspinlob was beeldschoon, maar Martina's antwoord, een vlakke forehandveeg, was van een nóg hoger niveau. Uiteindelijk verdween Tinka's dropshot buiten de lijnen.

'15-30!' riep de scheids.

O God, dacht Tinka, als ik nu mis komt ze op matchpoint. Ze concentreerde zich op het ritme van haar ademhaling en sloeg een eerste service, waarbij de snaren van haar racket prachtig zongen. Maar Martina's racket zong terug, een melodie van elegantie, lef en kracht die Tinka te machtig was.

'Matchpoint voor Martina Punt!' klonk het vanuit de hoge stoel. Nu verdorie een ace naar de uiterste buitenkant, dacht Tinka, dat is wat ik nu nodig heb. Een verpletterende ace!

Ze stuiterde de bal in grote stilte, nee, stiller kon het niet worden, maar toch leek het of de stilte nog werd opgeschroefd, toen ze de bal in de lucht wierp.

Pats!

Prima geraakt! dacht ze hoopvol, net binnen de lijnen!

Maar Martina's return klonk als de knal van een champagnekurk. In een flits zag Tinka iets geels langs vliegen.

'Game, set en match voor Martina Punt,' riep de scheids luidkeels, zodat de hele wereld het kon horen. 'Martina wint in drie sets: 6-4, 4-6 en 7-5.'

Beide speelsters liepen naar het net, Tinka met geknakt hoofd, Martina met een trotse kin die recht vooruit stak. Tinka's jurkje was drijfnat, Martina's witte outfit leek daarentegen nog zo fris en volmaakt als haar tanden. Tinka boog zich over het net om Martina een hand te geven. 'Gefeliciteerd,' zei ze op vlakke toon.

'Dank je,' reageerde Martina met haar strelende, melodieuze stem. 'Je hebt het me deze keer erg moeilijk gemaakt. Je bent veel beter geworden.'

'Ja, zal wel,' mompelde Tinka nauwelijks verstaanbaar.

Samen liepen ze langs het net naar de stoel van de scheidsrechter. Martina half dansend, Tinka met slepende voeten.

'Trouwens,' zei de winnares, terwijl ze naar Tinka's jurkje wees, 'súperactie van je, echt waar!'

'Dank je,' murmelde Tinka, die nu heel snel naar de scheids wilde.

'Wacht even.' Martina pakte haar bij haar schouder en ineens klonk haar stem uitzonderlijk zacht en scherp. 'Overmorgen speel ik met Jong Oranje in Londen, met televisie en de hele rataplan erbij.'

'Ja, en?' vroeg Tinka een tikkeltje agressief.

'Ik wil die boodschap ook graag op mijn jurkje, in het Engels. Waar heb jij het laten doen?'

Damascus

De vogels vlogen zo dicht op elkaar, dat ze tussen de witte wolken een zwarte wolk vormden. Uit honderden keeltjes klonk voor Tinka moeilijk te begrijpen gezang. Zongen ze nou van geluk of van chagrijn, vroeg ze zich af, of maakten ze zomaar gekke geluiden om de mensen te pesten? Langzaam draaide de wolk naar de aarde. Tinka zag nu duidelijk hoe de kauwen hun pootjes tegen hun buiken klemden. Hielden ze hun buik soms vast van het lachen? Hun gekras leek opeens spottend te klinken.

'Hij is er niet bij, hè?' vroeg Fanny.

'Nee, helaas.'

De vriendinnen lagen op hun rug in een weiland tussen de maïsvelden en tuurden naar de vogelwolk. Het was een week na de verloren finale. Over een paar dagen zou school weer beginnen. Samen gingen ze naar de brugklas van het gymnasium.

'Wat ik me nu al een tijdje afvraag,' verzuchtte Tinka, 'zou hij het gezien hebben?'

'Wie?'

'De Kladderaar natuurlijk!'

'Ja, hè, hè,' schamperde Fanny, 'zeker weten heeft hij het gezien. Je stond zelfs in landelijke kranten, je werd de tennisster voor vrede genoemd. Hoe zeiden ze het ook al weer? O ja, eindelijk eens een tennisjurkje met goeie reclame erop.'

'Ja.'

'Hij moet wel stekeblind en doof zijn wil hij er niet van gehoord hebben, ook al zit hij dan in Syrië.'

'Ja, oké,' prevelde Tinka, 'dat moet haast wel.'

Boven hun hoofd viel de zwarte wolk in stukken. Sommige vogels klommen op de wind omhoog, andere lieten zich als stenen naar beneden vallen, waarbij ze een soort lachsalvo's of alarmkreten afvuurden.

'Is hij wel écht in Syrië?' vroeg Fanny zich hardop af. 'Misschien ligt hij al dagen depressief op bed. Had mijn oom ook toen z'n vrouw overleed.'

'Natuurlijk is hij in Syrië! Ik…'

'Kijk daar eens!' viel Fanny haar in de rede. 'Is dat Kauwtje?'

Tinka voelde plotsklaps hoe haar ademhaling sneller ging, hoe al haar spieren zich spanden. Een kauw dook zuiver lachend naar beneden, vlak boven hun hoofd.

'Kraak! Kauw! Kra!'

Tinka schudde teleurgesteld haar hoofd. 'Nee, dat is hem niet.'

'Toch hangt z'n vleugel raar.'

'Ja, maar het is niet z'n linker, slimmerd.'

'Oké, dan is het z'n broer.'

'Ja, of z'n zuster, nou goed.' Tinka sloot haar ogen. Zo'n heftige zomervakantie had ze nog nooit beleefd. De teleurstelling over de verloren finale was grotendeels weggespoeld door het verliezende jurkje, dat uiteindelijk tóch winnend bleek, want Martina had woord gehouden en háár Save the Children-jurkje was weer gekopieerd door een Engelse speelster van Jong Engeland. En dát jurkje was weer gekopieerd door een Spaanse jeugdtennisster. Dit domino-effect zorgde voor veel publiciteit en geld voor het goede doel.

'Volgende zomer win je het toernooi, Tink,' beweerde Fanny ineens met grote stelligheid. 'Je bent er klaar voor.'

'Ik mag het hopen.'

'Hoop je ook nog steeds op Jong Oranje?'

'Daar ga ik keihard aan werken, serieus, dat eelt op m'n hand moet dikker!' Tinka opende haar ogen en zag alleen maar witte wolken met blauwe lucht ertussen. De kauwen waren vertrokken. Voor altijd? Volgens Gijsbert zou Kauwtje z'n natuur volgen en op zoek gaan naar een vrouwtje, hij zou weer wild worden. De kauw moest hier ergens rondvliegen, want dat had Gijsbert ook nog gezegd: jonge kauwen blijven het eerste jaar in hun vertrouwde omgeving.

'Tink?'

'Ja.'

'Kijk daar eens.'

Nu zag Tinka het ook. In het weiland verderop stonden schapen en op de rug van een van hen zat een jonge kauw met een takje gouden regen in z'n snavel. Tinka's gezicht verstrakte. Met wijd opengesperde ogen staarde ze naar de vogel, zoals ze de afgelopen tijd al honderden keren naar andere kauwen had gestaard. Was dit dan eindelijk wél Kauwtje, was dit de Kladderaar z'n Kraak? Ze zou het pas echt zeker weten als hij wegvloog. Ze stond op en liep naar de schapen. Nu zag ze de vogel scherper en duidelijker dan ooit, ze zag zelfs de vele schakeringen zwart van z'n snavel. Ja, dit was hem, ze hoefde hem niet stumperig te zien vliegen om hem te herkennen, ze zag het aan die speciale blik. Ze was nu vlakbij. In de lichtblauwe kraalogen leek de gloed van een herinnering te verschijnen, een herkenning. Of was dat onzin? Plots viel de goudenregen uit de kauw z'n snavel en liet hij zich optillen door een lichte bries. Hij vloog weg met twee perfecte vleugels.

'Verdorie!' vloekte Tinka zachtjes.

Achter haar rug riep Fanny jolig: 'Jammer maar helaas!'

De vriendinnen lagen weer naast elkaar in het weiland, Tinka met een droog grasje tussen haar tanden, Fanny typend op haar smartphone. Uit haar ooghoeken keek Tinka naar de driftig tikkende vingertoppen van haar vriendin. Ik heb eelt van het tennissen, dacht ze, zij van het sms'en en internetten. Buiten het gezoem van insecten was het nu zo stil, dat ze de wolken bijna konden horen bewegen. Ineens voelde Tinka een por in haar zij. 'Tink!' gilde Fanny hysterisch. 'Kijk hier eens naar, kijk nou!' Van schrik slikte Tinka het grassprietje bijna in. 'Laat me niet zo schrikken, gek! Wat is er nou weer?'

'Kijk dan hoe cool! Het is net als die foto in de krant!' Fanny duwde het beeldschermpje van haar telefoon onder Tinka's neus.

'Huh, wát als in de krant?'

'Kijk dan! Ik scrolde bij NU in beeld door de fotoserie,' ratelde Fanny. 'Moet je eens kijken! Kun je het goed zien?'

Tinka gaf geen antwoord, want ze kon van verbijstering geen woord uitbrengen. Ze staarde naar de gevel van een kapotgeschoten huis; de ramen waren aan diggelen en de kogelgaten in de muur waren niet te tellen. Van het dak, zag ze, was bijna niets meer over, op wat dakpannen na was alles weggeblazen. Op de achtergrond, boven het huis, bevond zich een zwarte roetwolk, misschien wel, dacht Tinka met kippenvel op haar armen, van een neergeschoten vliegtuig of helikopter. Op de gevel van dit treurige huis, boven de ingetrapte deur en tussen twee donkere holtes die ooit ramen waren, was een zwartharig meisje van zeker drie bij vier meter geschilderd. Ze had een pony die net niet in haar ogen hing en haar paardenstaart vloog wild omhoog. Haar opwaaiende jurkje was vuurrood en in haar rechterhand zat een tennisracket, waarmee ze meedogenloos